Søren Kierkegaard

Das Tagebuch des Verführers

Übersetzt von Otto Gleiß

und Alexander Michelsen

Søren Kierkegaard: Das Tagebuch des Verführers

Übersetzt von Otto Gleiß und Alexander Michelsen.

Neuausgabe mit einer Biographie des Autors
Herausgegeben von Karl-Maria Guth
Berlin 2016

Der Text dieser Ausgabe folgt:
[Søren Kierkegaard:] Entweder-Oder. Ein Lebensfragment. Aus dem
Dänischen von Alexander Michelsen und Otto Gleiß, Leipzig: Fr. Richter,
1885

Die Paginierung obiger Ausgabe wird hier als Marginalie zeilengenau
mitgeführt.

Umschlaggestaltung von Thomas Schultz-Overhage unter Verwendung
des Bildes: Paul Cezanne, Paar in einem Garten, 1873

Gesetzt aus der Minion Pro, 11 pt

Verlag: Henricus - Edition Deutsche Klassik GmbH
Mörchinger Str. 33, 14169 Berlin, info@henricus-verlag.de
Druck: Libri Plureos GmbH, Friedensallee 273, 22763 Hamburg

Die Ausgaben der Sammlung Hofenberg basieren auf zuverlässigen
Textgrundlagen. Die Seitenkonkordanz zu anerkannten Studienausgaben
machen Hofenbergtexte auch in wissenschaftlichem Zusammenhang
zitierfähig.

ISBN 978-3-8430-7756-9

Bibliografische Information der Deutschen Nationalbibliothek

Die Deutsche Nationalbibliothek verzeichnet diese Publikation in der
Deutschen Nationalbibliografie; detaillierte bibliografische Daten sind im
Internet über www.dnb.de abrufbar.

Das Tagebuch des Verführers

Sua passion' predominante
e la giovin principiante.

Don Giovanni No. 4 Aria.

Kaum kann ich Herr der Angst werden, die mich in diesem Augenblick ergreift, denn in meinem eignen Interesse habe ich mich entschlossen, die flüchtige Abschrift, die ich mir seiner Zeit in größter Eile und mit vieler Unruhe im Herzen verschaffen konnte, sorgfältig ins Reine zu schreiben.

Die Situation ist heute ebenso beängstigend wie damals, und ich fühle dieselben Vorwürfe, wie an jenem Tage. Er hatte seinen Sekretär nicht verschlossen, der ganze Inhalt desselben stand daher zu meiner Disposition. Eine Schublade war aufgezogen. In derselben lagen verschiedene lose Papiere und auf denselben ein geschmackvoll eingebundenes Buch in großem Quart. Auf der aufgeschlagenen Seite war eine Vignette von weißem Papier, worauf er eigenhändig geschrieben hatte: *Commentarius perpetuus No. 4.* Vergebens suche ich mir selber einzubilden, daß, wenn das Buch nicht aufgeschlagen vor mir gelegen und der Titel mich nicht so sehr gereizt hätte, ich mich nicht so rasch dem Versucher in die Arme geworfen hätte. Der Titel selbst war eigentümlich, und doch weniger an und für sich, als durch seine Umgebung. Aus einem flüchtigen Blick auf die losen Papiere ersah ich, daß dieselben Auffassungen erotischer Situationen, einzelne Andeutungen über dieses und jenes Verhältnis, sowie Skizzen ganz seltsamer Briefe enthielten.

Wenn ich mir nun, nachdem ich das ränkevolle Herz dieses schrecklichen Menschen durchschaut habe, die Situation wieder vergegenwärtige und mit meinem für alle Arglist offenen Auge im Geiste vor jene offene Schublade trete, so ist's mir zu Mut, wie einem Polizei-Beamten, der in das Zimmer eines Falschmünzers tritt und bei demselben die verschiedensten losen Papiere findet, die mit Arabesken und Namenszügen beschrieben sind. Er merkt bald, daß er auf der rechten Spur ist, und während er sich über die Entdeckung freut, verwundert er sich zugleich des Fleißes, mit dem diese Studien offenbar gemacht sind. Mir würde es vielleicht etwas anders ergangen sein, da ich kein Polizeischild aufweisen konnte. Ich ging ja selbst auf ungesetzlichen Wegen, und im ersten

Augenblick war ich so erschrocken, daß ich ganz blaß wurde und fast in Ohnmacht gefallen wäre. Wenn er nach Hause gekommen wäre und mich ohnmächtig vor dem geöffneten Sekretär gefunden hätte! Ein böses Gewissen kann das Leben doch interessant machen.

Der Titel des Buches frappierte mich nicht gerade. Ich hielt es für eine Sammlung von Exzerpten, denn ich wußte, daß er sehr fleißig studierte. Aber es war etwas ganz andres, ein sorgfältig geführtes Tagebuch; und ich kann nicht leugnen, daß der Titel mit wahrer ästhetischer, objektiver Überlegenheit über sich selber und über die Situation gewählt war.

Poetisch zu leben – das war die Aufgabe, die er zu realisieren versuchte. Er hatte ein sehr entwickeltes Organ, das Interessante im Leben zu entdecken; und wenn er es gefunden, wußte er das, was er erlebt, stets dichterisch zu reproduzieren. Sein Tagebuch ist daher nicht historisch genau oder einfach erzählend, nicht indikativisch, sondern konjunktivisch, und obgleich er manches erst später niedergeschrieben hat, ist doch alles so dramatisch lebendig, als sähen wir es vor unsern Augen.

Woher hat das Tagebuch nun diesen dichterischen Charakter? Die Antwort ist nicht schwer. Der Grund liegt in der dichterischen Natur seines Verfassers; dieselbe war – ich möchte sagen – weder reich noch arm genug, um Wahrheit und Dichtung von einander zu scheiden. Das poetische war das *plus*, das er selber herzutrug. Dieses *plus* war das Poetische, das er in der poetischen Situation des wirklichen Lebens genoß; und zog er dasselbe in der Form dichterischer Reflexion wieder zurück, so war dies der zweite Genuß, den er hatte, und auf den Genuß war ja sein ganzes Leben berechnet. Im ersten Fall genoß er das Ästhetische persönlich, im andern Fall seine Persönlichkeit ästhetisch. Im ersten Fall war die Pointe die, daß er egoistisch persönlich genoß, was ihm teils das wirkliche Leben gab, und was *er* teils selbst mit der Wirklichkeit erfüllte; im andern Fall trat seine Persönlichkeit zurück, und er genoß die Situation und sich selber in der Situation. Im ersten Fall gebrauchte er die Wirklichkeit als ein Moment, im andern Fall war die Wirklichkeit im Poetischen verschlungen. Die Frucht des ersten Stadiums ist also die Stimmung, aus welcher das Tagebuch als eine Frucht des andern Stadiums hervorgegangen ist; doch darf ich die Bemerkung nicht unterlassen, daß das Wort im letzten Fall etwas anders genommen ist als im ersten.

Hinter der Welt, in der wir leben, fern im Hintergrund liegt eine andre Welt, die zu jener ungefähr in demselben Verhältnis steht wie die Szene, die man im Theater zuweilen hinter der wirklichen Szene sieht, zu dieser steht. Durch einen dünnen Flor sieht man gewissermaßen eine Welt von Flor, leichter, ästhetischer, besser als die wirkliche Welt. Viele Menschen, die in dieser wirklichen Welt leben, fühlen sich doch nicht in ihr, sondern in jener andern heimisch.

Die Jungfrau, deren Geschichte den Hauptinhalt des Tagebuches ausmacht, habe ich wohl gekannt. Ob er noch andre verführt hat, weiß ich nicht; doch scheint es aus seinen Papieren hervorzugehen. Er war allerdings kein Verführer, wie es so viele sind. Oft wollte er nur etwas ganz Willkürliches erreichen, z.B. einen Gruß, und um keinen Preis mehr! Mit Hilfe seiner großen Geistesgaben hat er ein Mädchen an sich zu ziehen gewußt, ohne daß er sie in strengerm Sinn besitzen wollte. Ich kann mir's denken, daß er ein Mädchen dahin bringen konnte, daß er dessen sicher war, sie werde ihm alles opfern, aber dann – brach er ab, ohne daß er sich ihr genähert hätte, ohne daß ein Wort der Liebe oder gar eine Erklärung, ein Versprechen über seine Lippen gekommen wäre. Und doch war es geschehen, und der Unglücklichen war das Bewußtsein dieser Tatsache doppelt bitter, weil sie sich auf nichts berufen konnte, weil sie von den verschiedensten Stimmungen wie in einem schrecklichen Hexentanz hin und her gejagt wurde; denn bald machte sie sich Vorwürfe und vergab ihm, bald machte sie ihm Vorwürfe und mußte, da das Verhältnis nur in uneigentlichem Sinn ein reales gewesen war, stets mit dem Zweifel kämpfen, ob das Ganze nicht eine Illusion gewesen war. Niemandem konnte sie sich anvertrauen; denn sie hatte ihnen ja nichts anzuvertrauen. Hat man geträumt, so kann man andern seinen Traum erzählen; aber was sie zu erzählen hatte, war ja kein Traum, es war bittere Wirklichkeit, und doch war es wieder nichts, sobald sie sich vor einem andern aussprechen und dadurch ihr bekümmertes Herz erleichtern wollte. Das fühlte sie selbst sehr wohl. Kein Mensch, kaum sie selber, konnte es fassen, und doch lag es wie ein schwerer Druck auf ihrer Seele. Solche Opfer waren daher ganz besonderer Natur. Es war mit diesen unglücklichen Mädchen ja keine äußere, sichtbare Veränderung vor sich gegangen; sie lebten unter den alten Verhältnissen, waren in den Kreisen ihrer Freunde und Freundinnen geachtet wie vorher, und doch, wie war es alles so anders geworden, ihnen selber fast unerklärlich, den andern unbegreiflich. Ihr Leben war nicht gebrochen oder zerknickt, sie waren nur innerlich gebeugt und zerschlagen; für andre verloren, suchten sie vergebens sich selber zu finden.

Und er, der sie verführte? Er lebte zu sehr in den Sphären des Geistes, als daß wir ihn einen Verführer im gewöhnlichen Sinne des Wortes nennen dürften. Nur zuweilen nahm er einen parastatischen Leib an, und war dann ganz Sinnlichkeit. Selbst seine Geschichte mit Kordelia ist so eigentümlich, daß er sogar als der Verführte auftreten konnte. Die Individuen waren für ihn nur ein Inzitamento; er warf sie von sich ab, wie die Bäume im Herbst ihre Blätter – er verjüngte sich, das Laub verwelkte.

Aber wie sieht es in seinem eignen Kopf aus? Wie er andre irregeführt hat, so denke ich, verirrt er sich schließlich selber. Es ist empörend, wenn ein Mensch einem Wanderer, der sich verirrt hat, falsche Wege zeigt und ihn dann allein läßt; aber wieviel schrecklicher, wenn man einen Menschen an sich selber irre werden läßt. Der verirrte Wanderer hat doch den Trost, daß sich die Gegend um ihn her stets verändert, und bei jeder Veränderung die Hoffnung erwacht, er möchte den rechten Weg finden; wer aber an sich selber irre wird, hat kein so großes Territorium, auf welchem er sich bewegen könnte; er kommt immer wieder da an, von wo er ausging. So – denke ich – wird's ihm selber ergehen, aber in viel schrecklicherem Maße. Nichts Qualvolleres kann ich mir vorstellen als einen intriganten Kopf, der den Faden verliert, und nun, während das Gewissen erwacht und er sich aus dem Labyrinth herausfinden will, seinen ganzen Scharfsinn gegen sich selber wendet. Was helfen ihm all die Ausgänge seiner Fuchshöhle? In demselben Augenblick, in welchem seine geängstete Seele es schon zu sehen glaubt, wie das Licht des Tages in die dunkle Höhle fällt, zeigt sich's, daß es ein neuer Eingang ist. Wie ein aufgeschrecktes Wild, von der Verzweiflung verfolgt, sucht er einen Ausgang und findet immer nur einen Eingang, durch den er zu sich selber zurückkehrt. Ein solcher Mensch ist nicht gerade ein Verbrecher, er wird häufig selbst von seinen Intrigen getäuscht, und doch trifft ihn eine schrecklichere Strafe, als den Verbrecher; denn was ist selbst der Schmerz der Buße gegen diesen bewußten Wahnsinn? Seine Strafe hat einen rein ästhetischen Charakter; denn selbst der Ausdruck, daß das Gewissen erwacht, ist für ihn zu ethisch; das Gewissen ist ihm nur wie ein höheres Bewußtsein, das sich als Unruhe äußert, die ihn auch im tieferen Sinn nicht verklagt, sondern ihn wach hält, ihm in seiner unfruchtbaren Friedelosigkeit keine Ruhe noch Rast gönnt. Auch ist er nicht wahnsinnig; denn die Mannigfaltigkeit der endlichen Gedanken ist nicht versteinert in der Ewigkeit des Wahnsinns.

Auch die arme Kordelia wird nicht so leicht Frieden finden. Sie vergibt ihm von ganzem Herzen, aber sie kommt nicht zur Ruhe, denn immer wieder erwacht der Zweifel: sie war's ja, die die Verlobung aufhob, sie war's, die das Unglück veranlaßte, ihr Stolz, der das Ungewöhnliche begehrte. Dann kommt die Reue, aber sie findet auch in ihr die Ruhe nicht; denn nun sprechen die sich entschuldigenden und verklagenden Gedanken sie frei: er war's, der in seiner Arglist jenen Plan in ihre Seele legte. Nun haßt sie ihn, und ihre Seele fühlt sich erleichtert, wenn sie ihm flucht, aber sie findet keine Ruhe; wieder macht sie sich Vorwürfe, Vorwürfe, weil sie ihn haßt, da sie ja selber eine Sünderin ist; Vorwürfe, weil sie ja doch immer die Schuldige bleibt, wenn er auch noch so ränkevoll war. Zwar ist's ihr ein schwerer Gedanke, daß er sie betrogen hat, aber noch schwerer wird's ihr, so könnte man zu sagen versucht sein, daß er die Reflexion in ihr erweckte, er habe sie ästhetisch so sehr entwickelt, daß sie nun nicht mehr demütig *einer* Stimme lausche, sondern die vielen Reden zu gleicher Zeit hören könne. Da erwacht in ihrer Seele die Erinnerung, sie vergißt ihre Sünde und die Schuld, die sie auf sich geladen, sie erinnert sich nur der schönen Augenblicke, sie lebt im Rausch einer unnatürlichen Exaltation.

In solchen Momenten erinnert sie sich seiner nicht nur, sie schaut ihn mit einer Clairvoyance, die es beweist, welch mächtigen Einfluß er auf sie ausgeübt hat. Sie sieht in ihm nicht den Verbrecher, aber auch nicht den edlen Menschen, sie fühlt ihn nur ästhetisch. In einem Briefe an mich spricht sie sich folgendermaßen über ihn aus: »Zuweilen war er so durch und durch Geist, daß ich mich vernichtet fühlte; zu andern Zeiten so wild und leidenschaftlich, daß ich fast vor ihm zitterte. Bald war ich ihm eine Fremde, bald gab er sich mir ganz hin; wenn ich dann meinen Arm um ihn schlang, war zuweilen alles plötzlich verändert, und ich umarmte die Luft. Diesen Ausdruck kannte ich, ehe ich ihn kannte, aber er lehrte mich ihn verstehen; wenn ich ihn gebrauche, denke ich immer an ihn, wie ich überhaupt nur durch ihn denken kann. Ich habe von meiner Kindheit an die Musik geliebt; er war ein herrliches Instrument, immer in Bewegung, er hatte Höhen und Tiefen wie, kein andres Instrument, er war reich an Gefühlen und Stimmungen, kein Gedanke war ihm zu groß, keiner zu verzweifelt, er konnte wie ein Herbststurm brausen und unhörbar flüstern. Keins meiner Worte blieb ohne Wirkung, und doch darf ich nicht sagen, daß meine Worte ihre Wirkung nicht verfehlten; denn ich konnte nie wissen, welche Wirkung sie auf ihn ausübten. Mit einer unbeschreiblichen, aber geheimnisvollen, seligen, unnennbaren Angst lauschte ich dieser Musik, die ich hervorrief, und doch nicht hervorrief; immer war sie voller Harmonie, immer riß er mich hin.«

Schrecklich ist es für sie, schrecklicher noch wird es für ihn werden; das schließe ich daraus, daß ich selbst kaum Herr der Angst werden kann, die mich ergreift, so oft ich daran denke. Auch ich bin mit ihnen in das Nebelreich hineingerissen, in jene Traumwelt, in der man jeden Augenblick über seinen eignen Schatten erschrickt. Vergebens suche ich oft zu entfliehen, ich folge ihm wie ein drohender, aber stummer Verkläger. Wie seltsam! Er wußte das tiefste Geheimnis über alles zu verbreiten, und doch gibt's ein noch tieferes Geheimnis: daß ich in dasselbe eingeweiht bin, und zwar in ungesetzlicher Weise. Alles vergessen ist nicht möglich. Zuweilen habe ich mit ihm sprechen wollen. Doch was würd's helfen? Entweder würde er alles leugnen, behaupten, das Tagebuch sei ein poetischer Versuch, oder er würde mir Schweigen auferlegen, und ich könnt' es ihm nicht wehren.

Von Kordelia habe ich eine Sammlung von Briefen erhalten. Ob es alle sind, weiß ich nicht, doch meine ich einmal von ihr gehört zu haben, daß sie selbst einige konfisziert habe. Ich habe sie kopiert und will sie hier einflechten.

Bald nachdem er Kordelia verlassen hatte, schrieb sie ihm einige Briefe, die er ihr unerbrochen zurücksandte. Auch diese sandte sie mir. Sie hatte selber die Siegel gebrochen, und ich darf mir wohl auch erlauben, eine Abschrift derselben zu nehmen. Über den Inhalt derselben hat sie niemals mit mir gesprochen, dagegen pflegte sie, wenn sie ihr Verhältnis zu Johannes nannte, einen kleinen Vers, soviel ich weiß von Goethe, herzusagen, der je nach der Verschiedenheit ihrer Stimmung und der dadurch bedingten verschiedenen Diktion etwas Verschiedenes zu bedeuten schien:

»Gehe,
Verschmähe
Die Treue.
Die Reue
Kommt nach.«

Die Briefe lauten folgendermaßen:

Johannes!

Ich nenne Dich nicht: *mein*; das – ich sehe es ein – – bist Du niemals gewesen, und hart genug bin ich gestraft, daß dieser Gedanke einmal meiner Seele Freude und Wonne war; und doch nenne ich Dich: *mein*; mein Verführer, mein Betrüger, mein Feind, mein Mörder, meines Unglücks Duell, meiner Freude Grab, meiner Unseligkeit Abgrund. Ich nenne Dich: *mein*, und nenne mich: *Dein*, und wie es einst Deinen Sinnen schmeichelte, die sich stolz vor mir beugten, um mich anzubeten, so klinge es nun wie ein Fluch über Dich, ein Fluch in alle Ewigkeiten. Freue Dich dessen nicht, und meine nicht, daß ich Dich verfolgen, oder mich mit einem Dolche wappnen wolle, um Dich zum Spott zu reizen! Fliehe, wohin Du willst, ich bin doch die Deine; zieh bis an die äußerste Grenze der Welt, ich bin doch die Deine; lieb hundert andre, ich bin doch die Deine, ja die Deine in der Stunde des Todes. Selbst die Sprache, die ich wider Dich führe, muß es Dir bezeugen, daß ich die Deine bin. Du hast Dich vermessen, einen Menschen so zu verführen, daß Du mir alles wurdest, und ich es als meine höchste Freude ansah, Deine Sklavin zu werden. Ja, Dein bin ich, Dein, Dein, Dein Fluch.

Deine Kordelia.

Johannes!

Es war ein reicher Mann, der hatte sehr viele Schafe und Rinder; und es war ein armes kleines Mädchen, die hatte nichts denn ein einiges kleines Schäflein; es aß von ihrem Bissen und trank von ihrem Becher. Du warst der reiche Mann, reich an allen Schätzen und Ehren der Welt; ich war die Arme und hatte nichts als meine Liebe. Du nahmst sie, Du freutest Dich ihrer; da winkte Dir die Lust, und Du opfertest das Wenige, das ich hatte; von Deinem Eignen konntest Du nichts opfern. Es war ein reicher Mann, der hatte sehr viele; Schafe und Rinder; es war ein armes kleines Mädchen, die hatte nichts als ihre Liebe.

Deine Kordelia.

Johannes!

Ist die Hoffnung denn so gar aus? Wird Deine Liebe niemals wiedererwachen? Denn daß Du mich geliebt hast, das weiß ich, wenn ich auch nicht weiß, woher ich diese Gewißheit habe. Ich will warten, ob mir die Zeit auch lang wird, ich will warten, warten, bis Du andre nicht mehr lieben magst. Dann wird Deine Liebe zu mir wieder aus dem Grabe erstehen, dann will ich Dich lieben wie immer, Dir danken wie immer, wie einst, o Johannes, wie einst! Johannes! Diese herzlose Kälte gegen mich – ist sie Dein wahres Wesen? War Deine Liebe, Dein reiches Herz – eine innere Lüge? Bist Du nun wieder Du selber? Hab Geduld mit meiner Liebe, vergib mir, daß ich nicht aufhören kann, Dich zu lieben; ich weiß es, meine Liebe ist Dir eine Last; aber es kommt doch die Zeit, da Du zu Deiner Kordelia zurückkehrst. Deine Kordelia! Hörst Du es – das flehentliche Wort –: Deine Kordelia, Deine Kordelia?

Deine Kordelia.

Man sieht es, Kordelia war nicht ohne Modulation, wenn ihre Stimme auch nicht den Umfang hatte, den Johannes so bewunderte. Sie kann nicht alles so klar und deutlich darstellen, aber ihre Stimmung spricht sich in jedem ihrer Briefe aus. Das ist besonders bei dem zweiten Brief der Fall; man ahnt in demselben freilich mehr, was sie eigentlich will, aber diese Unvollkommenheit macht ihn für mich so rührend.

249

4. April.

Vorsicht, meine schöne Unbekannte! Vorsicht; aus einem Wagen heraustreten ist nicht so leicht, ja es kann ein entscheidender Schritt sein. Die Wagentritte sind ja so verkehrt eingerichtet, daß man alle seine Grazie fahren lassen muß, wenn man glücklich herauskommen will; die einzige Rettung ist oft ein verzweifelter Sprung in die Arme des Kutschers und des Dieners. Ja, der Kutscher und der Diener – die haben es gut. Ich glaube wirklich, ich will in einem Hause, in dem junge Mädchen sind, einen Platz als Diener suchen. Ein Diener wird leicht in die Geheimnisse eines kleinen Fräuleins eingeweiht. – Aber springen Sie doch um Gotteswillen nicht heraus, ich bitte Sie; es ist ja dunkel; ich will Sie nicht stören, ich bleibe dort unter der Straßenlaterne stehen, dann können Sie mich unmöglich sehen, und man wird doch nur dann verlegen, wenn man weiß, daß man gesehen wird – also steigen Sie aus! Lassen Sie den reizenden kleinen Fuß, den ich bereits bewundert habe, sich in der Welt versuchen! Nur Mut! Verlassen Sie sich auf ihn, er wird schon festen Grund finden, und erfaßt Sie für einen Augenblick ein Grauen, weil es Ihnen ist, als suchten Sie ihn vergebens, ja, ist Ihnen noch bange, nachdem Sie ihn gefunden? O, ziehen Sie nur rasch den andern Fuß nach – wer könnte so grausam sein, Sie in dieser gefährlichen Situation schweben zu lassen, wer wäre so alles Schönheitssinnes bar, daß er für die Offenbarung des Schönen kein Auge hätte? Oder fürchten Sie sich noch vor einem Unberufenen – doch nicht vor Ihrem Diener, auch nicht vor mir –, ich habe Ihren kleinen Fuß ja schon gesehen und habe, da ich Naturforscher bin, von Cuvier gelernt, daraus sichere Schlüsse zu ziehen. Also schnell! Wie diese Angst Ihre Schönheit hebt. Aber nein, die Angst an und für sich selber ist nicht schön, sie ist's nur, wenn man im selben Augenblick die Energie bemerkt, die sie überwindet. Ah, nun endlich! Sieh, wie fest steht der kleine Fuß! – – Kein Mensch hat es gesehen. Nur eine dunkle Gestalt geht in dem Augenblick an Ihnen vorüber, da Sie in die Tür des Hauses treten. Sie erröten? Erbittert, mit stolzer Verachtung sehen Sie sich um? Ein flehentlicher Blick, eine Träne in Ihren Augen? Beides ist gleich schön, und beides nehme ich mit gleichem Recht an. Aber wie boshaft bin ich – welche Nummer hat das Haus? Und was sehe ich? Es ist ein Galanteriewaren-Geschäft. Meine schöne Unbekannte, vielleicht ist's empörend, aber ich folge Ihnen … Sie hat es vergessen, ach ja; wenn man siebenzehn Sommer zählt, in dem Alter Einkäufe macht und alles, was man in die Hand nimmt, mit unbeschreiblicher Freude ansieht, ja dann vergißt man leicht.

Noch hat sie mich nicht gesehen; ich stehe an der andern Seite des Ladentisches. An der entgegengesetzten Wand hängt ein Spiegel. Sie weiß es nicht, aber der Spiegel weiß es. O, der unglückliche Spiegel, er kann ihr Bild, aber nicht sie selber auffangen. Unglücklicher Spiegel, er kann ihr Bild nicht in sich aufnehmen und es vor der ganzen Welt verbergen, er muß es andern verraten, so jetzt mir. Welche Qual, wenn ein Mensch so gebildet wäre! Und doch wie viele Menschen gibt's, die nichts besitzen, es sei denn in dem Augenblick, da sie es andern zeigen …

Wie ist sie doch schön! Armer Spiegel, das muß eine Qual sein. Gut, daß du keine Eifersucht kennst. Ihre Haare sind dunkel, ihr Teint durchsichtig, wie Samt anzufassen, ich kann's mit meinen Augen fühlen. Ihre Augen – nein, die habe ich noch nicht gesehen, sie sind von den langen Wimpern ganz bedeckt. Und ihr Kopf – ein Madonnenkopf, so rein und unschuldig; er beugt sich etwas, aber nicht im Anschauen des Einen; der Ausdruck ihres Gesichtes wechselt. Was sie betrachtet, ist das Mannigfaltige, das im Glanze irdischer Pracht und Herrlichkeit vor ihr ausgebreitet liegt. Sie zieht einen Handschuh aus und zeigt dem Spiegel – aber auch mir – eine Hand so weiß und wohlgebildet, als wäre es eine Antike, ohne jeden Schmuck, auch ohne den verräterischen Ring am vierten Finger – bravo! – Sie schlägt ihr Auge auf, wie verändert das alles und bleibt doch dasselbe: die Stirn weniger hoch, das Gesicht nicht so ganz oval wie es zuvor schien, aber lebhafter. Sie spricht mit dem Kommis, sie ist munter und spricht gern. Sie hat schon zwei, drei Waren gewählt, nimmt eine vierte, hält sie in ihrer Hand, sieht sie an, fragt nach dem Preise und legt sie unter ihren Handschuh. Gewiß ist's für … den Geliebten – aber sie ist ja nicht verlobt. Ach, wie viele sind nicht verlobt und haben doch einen Geliebten, wie viele sind verlobt und haben doch keinen Geliebten … Nun will sie bezahlen, aber sie hat ihr Portemonnaie vergessen …, sie nennt vermutlich ihre Adresse; ich will sie nicht hören, ich treffe sie im Leben wohl noch wieder, und – – beim Himmel, sie wird sich der Situation erinnern. Nur nicht ungeduldig! Es muß alles in langsamen Zügen genossen werden.

5. April.

Das mag ich leiden: abends allein in der Östergade. Ja, ich sehe den Diener, der Ihnen folgt; nein, so schlecht denke ich nicht von Ihnen, daß ich glauben könnte, Sie möchten ganz allein gehen. Aber warum so rasch? Nicht wahr? Man hat doch etwas Angst und das Herz klopft, nicht weil die Sehnsucht nach Hause so groß ist, sondern in der ungeduldigen Furcht, die mit ihrer süßen Unruhe den ganzen Leib durchschauert, daher der schnelle Takt der Füße. – Aber es ist doch prächtig, unbezahlbar, so allein zu gehen – den Diener hinter sich her … Unverdrossen geht sie vorwärts. Hüten Sie sich; da kommt ein Mensch, lassen Sie den Schleier nieder, damit sein profaner Blick Sie nicht beleidigt. – Sie bemerken es nicht, aber ich sehe es, daß er die Situation überschaut. – Ja, da sehen Sie es nun, was für Folgen es haben kann, wenn man allein mit dem Diener geht. Der Diener ist gefallen. Das ist im Grunde lächerlich, aber was wollen Sie nun machen? Umkehren und ihm wieder auf die Beine helfen, nein, das ist unmöglich, und mit einem Diener gehen, dessen Rock so schmutzig geworden ist? Wie unangenehm. Und ganz allein gehen? Das ist bedenklich. Hüten Sie sich, das Scheusal nähert sich … Sie antworten mir nicht, sehen mich nur an. Fürchten Sie sich vor mir? Ich mache gar keinen Eindruck auf Sie, ich sehe wie ein gutmütiger Mensch aus einer ganz andern Welt aus. Meine Verlegenheit, in der ich Sie nicht anzusehen wage, macht Sie sicher; Sie könnten fast versucht sein, sich über mich lustig zu machen. Tausend gegen eins, in diesem Augenblick hätten Sie die Courage, mich unter den Arm zu nehmen, wenn es Ihnen selber einfiele … Also in der Stormgade wohnen

Sie. Sie verneigen sich kalt und flüchtig vor mir. Habe ich das verdient, da ich Ihnen aus der unangenehmen Situation heraushalf? Es verdrießt Sie, Sie kehren zurück, danken mir für meine Freundlichkeit, reichen mir die Hand – warum werden Sie plötzlich so bleich? Ist meine Stimme nicht unverändert, meine Haltung dieselbe, mein Blick ebenso ruhig und unbefangen? Aber dieser Druck der Hand? Kann denn der etwas bedeuten? Ja, viel, mein kleines Fräulein, sehr viel; innerhalb der nächsten vierzehn Tage werde ich Ihnen alles erklären, aber so lange wird der Widerspruch Sie quälen: ich bin ein gutmütiger Mensch, der als ein Ritter ohne Furcht und Tadel einem jungen Mädchen zu Hilfe kommt, und doch – kann ich Ihre Hand in einer nichts weniger als gutmütigen Weise drücken. –

7. April.

»Also Montag um eins in der Ausstellung.« Sehr wohl, ich werde die Ehre haben, mich kurz vor 1 Uhr einzufinden. Ein kleines Rendezvous. Am Sonnabend entschloß ich mich, meinem abgereisten Freunde Adolf Brunn einen Besuch zu machen. Gegen 6 Uhr abends ging ich nach der Westergade, wo er, wie man mir gesagt hatte, wohnen sollte. Er war indessen nicht zu finden, selbst nicht in der dritten Etage. Aber als ich die Treppe wieder hinuntergehe, höre ich eine melodische, weibliche Stimme halblaut sagen: »Also Montag um eins in der Ausstellung; dann sind die andern aus, aber du weißt, daß ich dich zu Hause nicht sehen darf.« Die Einladung galt nicht mir, sondern einem jungen Menschen, der sich so rasch aus dem Staube machte, daß weder meine Blicke noch meine Schritte ihn verfolgen konnten. Weshalb war doch kein Gas auf den Korridoren? Dann hätte ich vielleicht gesehen, ob es der Mühe wert gewesen wäre, so präzis zu erscheinen. Doch nein, hätte auf den Korridoren Gas gebrannt, dann würde ich sehr wahrscheinlich nichts gehört haben. Das Bestehende ist das Vernünftige, ich bin und bleibe Optimist … Wer ist es nun? In der Ausstellung fehlt es nicht an jungen Mädchen. Es ist zehn Minuten vor eins! Meine schöne Unbekannte! Möchte Ihr Zukünftiger immer so präzis wie ich sein, oder wünschen Sie vielleicht, er möchte nicht zu früh kommen? Wie Sie wollen, ich stehe zu Diensten. »Reizende Zauberin, Fee oder Hexe, laß deinen Nebel verschwinden«, offenbare dich, du bist vermutlich schon gegenwärtig, aber unsichtbar für mich, verrate dich, denn nur dann werde ich auf eine Offenbarung hoffen dürfen. Sollten noch andre hier oben sein, die derselbe Wunsch hergeführt hat? Wohl möglich. Wer kennt die Wege eines Menschen, selbst wenn er die Ausstellung besucht. – – Da kommt ein junges Mädchen, sie eilt schneller noch als das böse Gewissen hinter dem Sünder. Sie vergißt das Billet abzugeben; der Portier hält sie auf. Um alles in der Welt, welche Eile! Das muß sie sein. Nur nicht zu heftig, es ist noch nicht eins. Vergessen Sie doch nicht, daß Sie dem Geliebten entgegengehen. Da ist's nicht ganz einerlei, wie man aussieht. Wenn solch junges, unschuldiges Blut zu einem Rendezvous kommt, dann ist sie wie wahnsinnig. Ich dagegen sitze ganz gemütlich auf meinem Stuhl und betrachte eine herrliche Landschaft … Ein Teufelsmädchen, sie stürmt durch alle Zimmer. – – – Ein Rendezvous wird von den Liebenden gewöhnlich als der schönste Augenblick angesehen. Ich selber erinnere mich dessen noch so deutlich, als wär's gestern gewesen, wie ich zum erstenmal nach dem verabredeten Orte eilte, wie war mein Herz so reich in Gedanken an die unbekannte Freude, die meiner wartete, wie ich zum erstenmal drei Schläge mit der Hand machte, zum erstenmal das Fenster sich öffnete, das Gartenpförtchen von der unsichtbaren Hand eines Mädchens geöffnet wurde – zum erstenmal in der hellen Sommernacht sich ein liebes Mädchen unter meinem Mantel verbarg. Doch ist dieses Urteil nicht ohne alle Illusion. Ein Unparteiischer findet nicht immer, daß die Liebenden in diesem Moment am schönsten sind. Ich habe Rendezvous beobachtet, deren Total-Eindruck fast unangenehm berührte, obgleich *sie* reizend und *er* schön war. Wer hier häufiger Erfahrungen gemacht hat, wird dadurch gewissermaßen reicher; wohl verliert man dann die süße Unruhe der ungeduldigen Sehnsucht, aber durch die innere Ruhe wird der Augenblick wirklich schön. Ich kann mich ärgern, wenn ein junger Mann bei einer solchen Gelegenheit so verwirrt wird, daß er aus reiner Liebe ein *delirium tremens* bekommt. Was verstehen Bauern von Gurkensalat? Statt mit aller Ruhe ihre Unruhe zu genießen, und dadurch ihre Schönheit in glühenderem Lichte zu sehen, macht er eine unschöne Konfusion, und kehrt doch vergnügt nach Hause zurück, bildet sich ein, es sei herrlich gewesen. – – – Aber wo zum Teufel bleibt der Mensch? Die Uhr ist ja gleich zwei. Was für ein Schlingel, ein junges Mädchen so auf sich warten zu lassen. Nein, da bin ich doch ein ganz anders zuverlässiger Mensch! Ich werde sie anreden, wenn sie nun zum fünften Male an mir vorübergeht. »Verzeihen Sie meine Kühnheit, schönes Fräulein, Sie suchen hier oben gewiß Ihre Familie? Sie sind schon öfter an mir vorübergeeilt, und ich habe bemerkt, daß Sie nur bis zu dem vorletzten Zimmer gingen. Sie wissen wohl nicht, daß da noch ein Zimmer ist, und vielleicht treffen Sie dort die, die Sie suchen.« Sie verbeugt sich vor mir. Allerliebst! Die Gelegenheit ist günstig; es freut mich, daß der Mensch nicht kommt, man fischt immer am besten in unruhigem Wasser. Wenn ein junges Mädchen erregt ist, kann man oft etwas erreichen, was einem zu andern Zeiten unmöglich wäre. Ich habe mich so höflich und so fremd wie möglich vor ihr verbeugt und sitze nun wieder auf meinem Stuhl, betrachte die Landschaft und lasse sie nicht aus den Augen. Ihr gleich zu folgen, wäre zu viel gewagt, das könnte zudringlich erscheinen; jetzt meint sie, ich habe sie nur mit freundlicher Teilnahme angeredet und bin gut bei ihr angeschrieben.

In dem letzten Zimmer ist keine Seele, ich weiß es wohl. Die Einsamkeit wird einen guten Einfluß auf sie ausüben; solange sie viele Menschen um sich sieht, ist sie unruhig, fühlt sie sich allein, so wird sie stiller werden. Ganz richtig, sie bleibt drinnen. Bald komme ich *en passant* dahin. Ich darf noch eine Frage an sie richten, sie schuldet mir ja eigentlich einen Gruß. – Sie hat sich gesetzt. Armes Mädchen, sie sieht so wehmütig aus, ich glaube gar, sie hat geweint, wenigstens hat sie Tränen in den Augen. Es ist empörend, einem Mädchen solchen Kummer zu bereiten, daß es weinen muß. Aber nur Geduld – du sollst gerächt werden, ich will dich rächen. – Wie ist sie schön, nun die Stürme sich gelegt haben. Ihr ganzes Wesen ist Wehmut und Harmonie des Schmerzes. Sie ist wirklich einnehmend und sieht aus, als nähme sie von dem Geliebten für immer Abschied. Laß ihn laufen! – Die Situation ist günstig. Ich muß mich so ausdrücken, daß es aussieht, als glaubte ich wirklich, sie suche ihre Familie oder Bekannte, und ich muß doch so warm sprechen, daß jedes Wort für ihre Gefühle bezeichnend ist, dann werde ich mich schon in ihre Gedanken hineinschleichen. – – – Hol der Teufel den Schlingel. Wahrhaftig, das muß er sein, und ich stehe gerade am erwünschten Ziel. Doch es ist noch nicht alles verloren. Sie muß mich wenigstens noch einmal sehen, dann wird sie unwillkürlich über mich lächeln, weil ich ja glaubte, sie suche hier ihre Familie, und sie suchte etwas ganz andres. Dieses Lächeln weiht mich in ihr Geheimnis ein, das ist immer etwas …

Dank, tausend Dank, mein Mädchen, dieses Lächeln ist mir mehr wert, als du glaubst, es ist der Anfang, und aller Anfang ist schwer. Nun sind wir Bekannte, unsre Bekanntschaft ruht auf einer pikanten Situation.

9. April.

Bin ich blind geworden? Hat das innere Auge der Seele seine Kraft verloren? Ich habe sie gesehen, aber es ist mir, als hätte ich eine himmlische Offenbarung gesehen, so ganz ist ihr Bild mir wieder entschwunden. Vergebens suche ich mir dasselbe vorzuzaubern. Unter Hunderten würde ich sie wiedererkennen. Aber nun ist sie fort, und das Auge meiner Seele sucht sie mit seiner Sehnsucht vergebens zu erreichen. – Ich ging auf der »Langenreihe«, wie es schien, ohne auf meine Umgebung zu achten, obgleich mein spähender Blick nichts unbemerkt ließ – da sah ich sie plötzlich. Ich starrte sie an, und doch habe ich nichts gesehen, weil ich zu viel sah. Das einzige, was ich behalten habe, ist – der grüne Mantel, den sie trug. Sie war in Begleitung einer ältern Dame; ich denke mir, ihrer Mutter. Diese letztere kann ich genau beschreiben, obgleich ich sie eigentlich gar nicht angesehen habe, höchstens en passant. So geht's. Das Mädchen hat einen tiefen Eindruck auf mich gemacht, und sie habe ich vergessen; die andre hat seinen Eindruck auf mich gemacht, und ihr Bild steht lebendig vor meiner Seele.

14. April.

Kaum kenne ich mich selbst wieder. Mein Herz braust wie ein empörtes Meer im Sturm der Leidenschaft. Wenn ein andrer meine Seele in diesem Zustande sehen könnte, würde es ihm scheinen, als bohrte sich ein kleines Schiff mit seiner Spitze ins Meer, wie wenn es in seiner schrecklichen Fahrt in den Abgrund stürzen müßte. Er sieht nicht, daß droben im Mast ein Matrose sitzt und ausschaut. Braust nur, ihr wilden Kräfte, ob auch die Wogen der Leidenschaft den Schaum gegen die Wolken spritzen, über meinem Haupte schlagt ihr doch nicht zusammen; ich sitze ruhig da wie der Felsenkönig.

Wie ein Wasservogel suche ich mich vergebens im empörten Meer meines Gemütes herabzulassen, und doch ist solcher Aufruhr mein Element, ich baue darauf, wie die *Alcedo ispida* ihr Nest auf dem Meere baut.

20. April.

Man muß sich beschränken können, das ist für allen Genuß sehr wichtig. Fast scheint's, als sähe und hörte ich so bald nichts wieder von dem Mädchen, das meine Seele und alle meine Gedanken erfüllt. Ich will mich ganz ruhig verhalten; auch diese dunkle und unbestimmte, aber doch so starke Gemütsbewegung hat ihren Zauber. Ich habe immer gern während einer mondhellen Nacht auf einem oder dem andern unsrer herrlichen Seen in einem Boot gelegen. Dann ziehe ich die Segel ein, nehme die Ruder auf, lege mich so lang wie ich bin ins Boot und schaue hinauf zum Himmel. Wenn die Wellen das Boot an ihrem Busen

einwiegen, wenn die Wolken vor dem Winde treiben, daß der Mond einen Augenblick verschwindet und sich dann wieder zeigt, so finde ich Ruhe in dieser Unruhe; die Wellen schläfern mich ein, ihr Rauschen ist ein eintöniges Wiegenlied, der Wolken rasche Fahrt, der Wechsel von Licht und Schatten berauscht mich, und wachend träume ich. So lege ich mich auch jetzt hin, ziehe die Segel ein, die Ruder auf und lasse mich von Sehnsucht und ungeduldiger Erwartung hin und her treiben; der Himmel der Hoffnung wölbt sich über mir, ihr Bild schwebt unbestimmt wie der Mond an mir vorüber. Welch ein Genuß!

21. April.

Die Tage gehen hin, einer nach dem andern, und immer und überall suche ich *sie*. Das macht mich oft verdrießlich, umnachtet meinen Blick, stört mich in meinem Genuß. Nun kommt ja bald die schöne Zeit, da man im öffentlichen Leben auf den Straßen aufkauft, was man während des Winters in dem gesellschaftlichen Leben sich teuer genug bezahlen läßt; denn ein junges Mädchen kann vieles vergessen, aber niemals eine Situation. Das gesellschaftliche Leben bringt einen wohl mit dem schönen Geschlecht in Berührung, aber es hat keine Art, wenn man da die Geschichte anfangen soll. In den Salons ist jedes junge Mädchen bewaffnet, die Situation ist arm, *toujours le même*, aber auf der Straße ist sie auf offnem Meere, da wirkt alles viel kräftiger, weil alles rätselhafter ist. Ich gebe für das Lächeln eines jungen Mädchens in einer Straßensituation hundert Taler, aber keine zehn für einen Druck der Hand im Salon.

5. Mai.

Verdammter Zufall! Niemals habe ich dich verflucht, weil du dich zeigtest, ich verfluche dich, weil du dich gar nicht zeigst. Oder ist's vielleicht eine neue Entdeckung von dir, du unbegreifliches Wesen, unfruchtbare Mutter von allem, der einzige Rest, der dir aus jener Zeit übrig blieb, da die Notwendigkeit die Freiheit gebar, und die Freiheit wieder so töricht war, in den Mutterschoß zurückzukehren? Verdammter Zufall!

Du einziges Wesen, das die hohe Ehre hat, zugleich mein Alliierter und mein Feind zu sein, immer unbegreiflich, immer ein Rätsel! Du, den ich mit der ganzen Sympathie meiner Seele liebe, in dessen Bild ich mich selber schaffe, weshalb erscheinst du nicht? Ich komme nicht als Bettler, der dich demütig ansteht, du möchtest dich mir zeigen – nein, ich fordere dich zum Streit heraus. Warum kommst du nicht? Oder ist dein Rätsel gelöst, daß auch du dich in das Meer der Ewigkeit gestürzt hast? Verdammter Zufall, ich erwarte dich. Oder meinst du, ich wäre deiner nicht wert? Wie eine Bajadere zur Ehre ihres Gottes tanzt, so habe ich mich deinem Dienst geweiht. Überrasche mich, ich bin bereit – laß uns um die Ehre kämpfen. Zeige sie mir, ob auch unter dem Schatten des Hades; ich will sie heraufholen, mag sie mich hassen, mich verachten, einen andern lieben und mir mit kalter Gleichgültigkeit begegnen, ich fürchte mich nicht; aber bewege das Wasser, laß es nicht so schrecklich ruhig sein. Schämst du dich nicht, mich so auszuhungern, und bildest dir ein, du wärest stärker als ich?

6. Mai.

Der Frühling ist da, die Mäntel werden weggelegt, vermutlich auch mein grüner Mantel. Das kommt davon, wenn man ein Mädchen auf der Straße kennen lernt und nicht im Salon, wo man gleich erfährt, wie sie heißt, zu welcher Familie sie gehört, wo sie wohnt und ob sie verlobt ist – letzteres eine höchst wichtige Nachricht für alle ehrbaren Freier, denen es niemals einfällt, sich in die Braut eines andern zu verlieben. Ein solcher Ritter würde in tödliche Verlegenheit kommen, wenn er wie ich eine Geliebte fände und erführe, sie sei verlobt! Das kümmert mich nun gerade nicht sehr. Eine Verlobte ist nur eine komische Schwierigkeit. Ich fürchte weder komische noch tragische, nur langweilige Schwierigkeiten.

Aber vielleicht wohnt sie gar nicht in der Stadt, vielleicht ist sie vom Lande, vielleicht, vielleicht – ja zum Teufel mit dem Vielleicht; es macht mich rasend! Ich habe immer Geld liegen, um eine Reise antreten zu können; vergebens suche ich sie im Theater, in Konzerten, auf Bällen, Promenaden, und gewissermaßen freut es mich, daß ich sie da nicht finde; denn ein Mädchen, das daran seine höchste Freude hat, ist's nicht wert, daß man um sie kämpft; ihr fehlt dann oft jene Ursprünglichkeit, die für mich doch die *conditio sine qua non* ist.

15. Mai.

Dank dir, guter Zufall, tausend Dank! Stolz war sie, geheimnisvoll und gedankenreich wie eine Edeltanne. Die Buche hat eine Krone, ihre Blätter erzählen von dem, was sie gesehen und gehört hat; die Tanne hat keine Krone, keine Geschichte, ist sich selber ein Rätsel – so war sie. Eine tiefe Wehmut sprach aus ihrer ganzen Erscheinung; als ich sie sah, war mir's, als hörte ich eine wilde Taube gurren. Ein Rätsel war sie, und was sind die Geheimnisse aller Diplomaten gegen dieses Rätsel, und was ist so schön wie das Wort, das dieses löst? Wie der Reichtum der Seele ein Rätsel ist, solange das Band der Zunge nicht gelöst ist, so ist auch ein junges Mädchen ein Rätsel. – – – Dank, guter Zufall, tausend Dank! Hätte ich sie im Winter gesehen, so würde die rauhe Natur in ihr die eigne Schönheit vermindert haben; aber nun, o welches Glück! Ich sah sie zum erstenmal in der schönsten Zeit des Jahres, im Lenz, an einem Abend, als die Sonne schon untergehen wollte.

Ja, der Winter hat auch seine Vorzüge. Ein brillant erleuchteter Saal kann für ein junges Mädchen in Balltoilette eine sehr passende Umgebung sein; aber teils zeigt sie sich hier selten ganz vorteilhaft, teils erinnert da alles zu sehr an des Dichters Wort:

»Ach, die Rosen welken bald«

Zu gewissen Zeiten möchte ich allerdings einen Ballsaal mit seinem kostbaren Luxus und dem unbezahlbaren Überfluß von Tugend und Schönheit, mit seinem mannigfachen Spiel so vieler Kräfte nicht entbehren; aber ich genieße da nicht so sehr, sondern schwelge mehr nur in der Möglichkeit des Genusses. Da fesselt nicht eine einzelne Schönheit, sondern die Totalität; ein Traumbild schwebt an einem vorüber, in welchem all jene weiblichen Wesen sich durcheinander konfigurieren, und alle diese Bewegungen suchen etwas, sie suchen Ruhe in einem einzigen Bilde, das nicht gesehen wird.

Es war auf dem Wege, der zwischen dem nördlichen und östlichen Tore liegt. Die Uhr war ungefähr halb sieben. Die Sonne hatte ihre Kraft verloren, nur die Erinnerung an dieselbe leuchtete aus dem milden Abendrot, das die Landschaft purpurn färbte. Die Natur atmete freier. Der See war klar wie ein Spiegel, der Himmel rein, nur hier und da eine leichte Wolke. Kein Blatt rührte sich. – –

260

Sie war es. Mein Auge hat mich nicht betrogen, aber obgleich ich mich so lange auf diese Stunde vorbereitet hatte, konnte ich doch einer gewissen Unruhe nicht Herr werden. Sie war allein, offenbar nicht mit sich selber, sondern mit ihren eignen Gedanken beschäftigt. Sie dachte nicht, aber die Gedanken hatten ein Bild der Sehnsucht vor ihre Seele gezaubert, ahnungsvoll und unerklärlich wie die Seufzer eines jungen Mädchens. Sie war beschäftigt, nicht mit sich selber, sondern in sich selber; und diese innere Arbeit ihrer Seele war ein unendlicher Friede, eine tiefe Ruhe in sich selber. Das ist der Reichtum eines jungen Mädchens, und wenn man diesen Reichtum in sich aufnimmt, wird man selber reich. Sie ist reich, obgleich sie selber nicht weiß, daß sie etwas besitzt; sie ist reich, sie ist ein Schatz. Ein stiller Friede ruhte auf ihr und ein Schatten leiser Wehmut verklärte ihr Gesicht. Sie war leicht wie Psyche, von der es heißt, daß die Genien sie forttrugen, ja noch leichter war sie; denn sie trug sich selber. Mögen die Lehrer der Kirche über die Himmelfahrt der Madonna streiten, mir ist's nicht unbegreiflich, denn sie gehörte der Welt nicht mehr an; aber die Leichtigkeit eines jungen Mädchens ist unbegreiflich. – Sie bemerkte nichts und glaubte deshalb auch unbemerkt zu sein. Ich ging in einiger Entfernung und verschlang ihr Bild. Langsam ging sie vorwärts, keine eilende Hast störte ihren Frieden oder die Ruhe der Umgebung. Am See saß ein Knabe und fischte; sie blieb stehen, betrachtete den Spiegel des Wassers und den Kork an der Angelschnur. Sie war nicht rasch gegangen, schien aber doch warm geworden zu sein, und löste ein kleines Tuch, das sie unter dem Schal um den Hals gebunden hatte. Der Knabe war offenbar nicht gerade davon erbaut, daß er beobachtet wurde, und schaute sich mit einem ziemlich phlegmatischen Blick nach ihr um. Der kleine Bursche sah in der Tat komisch aus, und ich kann's ihr nicht verdenken, daß sie über ihn lachen mußte. Wie kindlich lachte sie! Wäre sie mit dem Knaben allein gewesen, so hätte sie sich – glaube ich – nicht gefürchtet, den Kampf mit ihm aufzunehmen. Ihr Auge war groß und glänzend; wenn man in dasselbe hineinschaute, hatte es einen dunkeln Glanz, der keine unendlichen Tiefen ahnen ließ; es war rein und unschuldig, mild und ruhig, voller Schelmerei, als sie lächelte.

Sie ging weiter, nach dem östlichen Tore; ich folgte ihr. Doch hätte ich sie gern noch näher gesehen, ohne selber gesehen zu werden. Von einem Hause aus, das hier liegt und in welchem eine mir bekannte Familie wohnte, war das möglich. Ich brauchte derselben also nur eine

261

Visite zu machen. Mit raschen Schritten, wie wenn ich sie gar nicht bemerkte, eilte ich an ihr vorüber. Ich kam ihr weit voraus, grüßte die Familie nach rechts und links und bemächtigte mich des Fensters, das nach der Straße zu ging. Sie kam, und ich sah sie an, und sah sie wieder und wieder an, während ich mich zur selben Zeit mit der in der Wohnstube am Teetisch sitzenden Gesellschaft unterhielt. Ihr Gang überzeugte mich bald davon, daß sie keinen Kursus im Tanzunterricht genommen hatte, und doch lag in demselben ein gewisser Stolz, ein natürlicher Adel, aber auch ein Mangel an Aufmerksamkeit auf sich selber. Ich sah sie noch einmal mehr, als ich eigentlich erwartet hatte. Von dem Fenster aus konnte ich die Straße nicht weit hinabsehen, wohl aber eine über den See führende Brücke bemerken. Zu meiner großen Verwunderung entdeckte ich sie auf derselben wieder. Ob sie auf dem Lande wohnt? Vielleicht hat die Familie dort für den Sommer eine Wohnung? Schon bereute ich meinen Besuch, da ich fürchtete, sie würde wieder umkehren, und ich sie also aus den Augen verlieren – siehe, da zeigte sie sich wieder ganz nahe. Sie war an dem Hause vorübergegangen. Rasch greife ich nach meinem Hut und Stock, um ihr zu folgen und zu erfahren, wo sie wohne – als ich in meiner Eile gegen die Dame, die den Tee präsentierte, anrannte. Ein fürchterlicher Schrei – ich habe nur den einen Gedanken, wie ich glücklich herauskommen kann, und um meine Retirade zu entschuldigen, sage ich mit Pathos: »Wie Kain will ich von dem Orte fliehen, an welchem dieses Teewasser vergossen wurde.« Aber wie wenn alles sich gegen mich verschworen hätte, kommt der Wirt auf die verzweifelte Idee, meine Bemerkung kontinuieren zu wollen und erklärt feierlich, er würde mir nicht erlauben, das Haus eher zu verlassen, als bis ich eine Tasse Tee getrunken und den Damen selber den vergossenen Tee präsentiert habe – nur dadurch könne ich alles gut machen. Weil ich davon überzeugt war, mein Wirt werde es als Pflicht der Höflichkeit ansehen, Gewalt anzuwenden, wenn ich nicht willig folgte, so mußte ich bleiben. – Sie war verschwunden.

16. Mai.

Wie schön ist's, verliebt zu sein, wie interessant, zu wissen, daß man es ist. Ja, das ist der Unterschied. Mich kann der Gedanke ärgern, daß ich sie zum zweitenmal aus den Augen verlor, und doch macht es mir gewissermaßen auch wieder Freude. Das Bild, welches ich von ihr besitze, schwebt unbestimmt vor meiner Seele; bald sehe ich sie in ihrer wirklichen, bald in ihrer idealen Gestalt; gerade das hat einen besondern Zauber. Ich bin nicht ungeduldig, denn sie muß doch in der Stadt wohnen, und das ist mir für den Augenblick genug.

– Alles will in langsamen Zügen genossen werden. Und sollte ich nicht ruhig sein? Ja gewiß, die Götter müssen mich lieben, denn mir ist das seltene Glück widerfahren, daß ich noch einmal verliebt bin. Das kann keine Kunst, kein Studium hervorzaubern, das ist ein Geschenk des Himmels. Aber nun will ich auch sehen, wie lange die Liebe sich soutenieren läßt. Ich poussiere diese Liebe, wie ich es nicht einmal bei der ersten getan habe. Die Gelegenheit zeigt sich nicht so gar oft, dann aber muß man sie auch ergreifen; denn das ist das Verzweifelte: ein Mädchen verführen ist keine Kunst, aber man findet so leicht keine, die es wert ist, daß man sie verführe. –

Die Liebe hat viele Mysterien, und dies erste Verliebtsein ist auch ein Mysterium, wenn es auch nicht das größte ist – die meisten Menschen sind in ihrer Leidenschaft wie wahnsinnig, sie verloben sich oder machen andre dumme Streiche, und in einem Augenblick ist alles zu Ende, und sie wissen weder, was sie erobert, noch was sie verloren haben. Zweimal hat sie sich mir nun gezeigt und ist wieder verschwunden; das sagt mir: sie wird sich bald öfter zeigen. Als Joseph Pharaos Traum gedeutet hatte, fügte er hinzu: »Daß aber dem Pharao zum andernmal geträumt hat, bedeutet, daß solches Gott gewißlich und eilend tun wird.«

Es müßte doch interessant sein, wenn man die Kräfte, die das Leben eines Menschen bewegen, etwas vorhersehen könnte. Sie lebt nun in tiefem Frieden hin, und ahnt nichts von meiner Existenz, noch viel weniger von dem, was in meinem Innern vorgeht, und am allerwenigsten von der Sicherheit, mit der ich in ihre Zukunft hineinschaue; denn meine Seele fordert mehr und mehr ein reales Verhältnis; dieser Wunsch wird immer lebhafter. Wenn ein Mädchen nicht gleich auf den ersten Blick so tiefen Eindruck auf einen macht, daß sie das Ideale erweckt, so ist die Wirklichkeit im allgemeinen nicht sonderlich wünschenswert; tut sie es dagegen, dann ist man, wie erfahren man auch sein mag, gewöhnlich etwas überwältigt. Wer nun seiner Hand, seines Auges und seines Sieges nicht ganz sicher ist, dem rate ich, seinen Angriff in dem ersten Zustande zu wagen, in dem er, gerade weil er überwältigt ist, auch übernatürliche Kräfte besitzt; denn dieses Überwältigtsein ist eine eigentümliche Mischung von Sympathie und Egoismus. Ihm wird jedoch ein Genuß entgehen; denn er genießt die Situation nicht, da er selber gewissermaßen von ihr ergriffen, in ihr verborgen ist. Das Schönste ist immer schwierig, das Interessanteste leicht abzumachen. Aber es ist immer gut, dem Strich so nahe wie möglich zu kommen. Das ist der eigentliche Genuß, und was andre genießen, weiß ich in der Tat nicht. Der Besitz allein ist etwas Geringes, und die Mittel, welche solche Liebhaber anwenden, sind im allgemeinen erbärmlich genug; sie verschmähen nicht einmal Geld, Macht, fremden Einfluß, selbst nicht ein Opiat u.s.w. Aber welchen Genuß gewährt eine Liebe, wenn sie nicht die absolute Hingebung in sich schließt, das heißt, von der einen Seite; aber dazu gehört in der Regel Geist, und dieser fehlt jenen Liebhabern gewöhnlich.

19. Mai.

Kordelia heißt sie also, Kordelia! Ein schöner Name, auch dies ist wichtig, denn es kann oft sehr störend sein, wenn man bei den zärtlichsten Prädikaten einen häßlichen Namen nennen muß. Ich kannte sie schon von Weitem, sie ging mit zwei andern Mädchen auf dem linken Trottoir. Man sah es ihnen an, daß sie bald stehen bleiben würden. Ich stand an der Straßenecke und las ein Plakat, während ich stets nach meiner Unbekannten hinsah. Sie nahmen von einander Abschied. Die beiden hatten sie offenbar begleitet, denn sie schlugen eine entgegengesetzte Richtung ein. Nachdem sie einige Schritte weiter gegangen waren, lief eine der beiden andern noch einmal hinter ihr her und rief so laut, daß ich es hören konnte: Kordelia! Kordelia! Dann kam auch noch die dritte; sie flüsterten leise mit einander, als wären sie zu einem geheimen Rat versammelt. Darauf lachten alle drei und eilten nun in etwas rascherem Tempo auf dem Wege, den die beiden schon vorher eingeschlagen hatten. Ich folgte ihnen. Sie gingen in ein Haus am Strande. Ich wartete eine Weile, da ja aller Wahrscheinlichkeit nach Kordelia bald allein wieder zurückkehren mußte. Das geschah jedoch nicht.

Kordelia! Wirklich ein herrlicher Name! So hieß ja auch König *Lears* dritte Tochter, jene ausgezeichnete Jungfrau, deren Herz nicht auf ihren Lippen wohnte, deren Lippen stumm waren, obgleich ihr Herz so warm schlug. So ist's auch mit meiner Kordelia. Sie ist ihr ähnlich, davon bin ich fest überzeugt. Aber in anderm Sinn wohnt ihr Herz doch auf ihren Lippen, zwar nicht im Worte, sondern im Kuß. Niemals sah ich schönere Lippen.

Ich bin wirklich verliebt! Das sehe ich unter anderm auch daran, daß ich diese Sache vor mir selber so geheimnisvoll behandle. Alle Liebe, selbst wo sie die Treue bricht, ist geheimnisvoll, wenn sie nur das erforderliche ästhetische Moment in sich hat. Fast war es mir daher eine Freude, daß ich nicht erfuhr, wo sie wohnte, aber einen Ort wußte, wo sie öfters aus und ein gehen mußte. Vielleicht bin ich auch dadurch meinem Ziele noch näher gekommen. Ich kann, ohne daß sie es merkt, meine Beobachtungen machen, und von diesem festen Punkt aus wird es mir nicht schwer werden, bei ihrer Familie Eingang zu finden. Sollte jedoch auch dies seine Schwierigkeiten haben – eh bien! ich nehme die Schwierigkeiten in den Kauf. Alles, was ich tue, tue ich *con amore*; und so liebe ich auch *con amore*.

20. Mai.

Heute habe ich das Haus, in welchem sie verschwand, kennen gelernt. Es ist eine Witwe mit drei lieben Töchtern. Hier kann man alles erfahren, wenigstens alles, was sie selber wissen. Sie heißt *Kordelia Wahl* und ist die Tochter eines Kapitäns in der Marine. Er ist vor einigen Jahren gestorben, die Mutter auch. Er war ein sehr harter und strenger Mann. Sie lebt nun bei ihrer Tante, der Schwester ihres verstorbenen Vaters; sie soll ihrem Bruder sehr ähnlich, sonst aber eine vortreffliche Frau sein. Mehr wissen sie selber nicht, denn sie kommen nie dahin, aber Kordelia kommt öfters zu ihnen. Sie und die beiden Mädchen lernen miteinander das Kochen in der königlichen Küche. Sie kommt daher meistens früh am Nachmittag, zuweilen auch vormittags, aber niemals abends. Sie leben sehr eingezogen.

Also hier hat die Geschichte ein Ende und es zeigt sich seine Brücke, die mich in Kordelias Haus führen könnte.

Sie weiß etwas von den Schmerzen des Lebens, sie kennt seine Schattenseiten. Doch gehören diese Erinnerungen wohl einem frühern Alter an. Sehr gut, es hat ihre Weiblichkeit bewahrt, sie ist nicht verdorben. Anderseits wird es auch für ihre weitere Erziehung nicht ohne Wert sein.

21. Mai.

Sie wohnt am Wall. Die Lokalitäten sind nicht die besten; sie hat kein *vis-à-vis*, dessen Bekanntschaft man machen könnte, auch kann man hier nicht wohl unbemerkt seine Observationen machen. Man wird auf dem Wall zu leicht selbst gesehen; aber es wäre zu auffallend, wollte man unterhalb des Walles auf der Straße gehen. Das Haus liegt an der

Ecke. Die Fenster zum Hof kann man von der Straße aus sehen, weil das Haus kein *vis-à-vis* hat. Dort ist vermutlich ihr Schlafzimmer.

22. Mai.

Heute habe ich sie zum erstenmal bei Frau Jansen gesehen. Ich ward ihr vorgestellt. Sie schien nicht viel danach zu fragen oder auf mich zu achten. Ich verhielt mich so ruhig wie möglich, um desto aufmerksamer sein zu können. Sie blieb nur einen Augenblick, wollte die Töchter abholen, um mit ihnen zur königlichen Küche zu gehen. Während die beiden Fräulein Jansen sich anzogen, blieben wir beide im Zimmer allein, und mit einem kalten, fast beleidigenden Phlegma richtete ich einige Worte an sie, die mit unverdienter Höflichkeit beantwortet wurden. Sie gingen nun. Ich hätte mich ihnen als Begleiter anbieten können, aber dann wäre ich in ihren Augen gleich als Kavalier aufgetreten, und daß ich sie dadurch nicht gewinnen würde, war mir schon klar geworden.

23. Mai.

Ich muß mir in dem Hause Eingang verschaffen. Anders geht es nicht; aber das scheint eine ziemlich weitläufige und schwierige Sache zu sein. Noch niemals habe ich eine Familie kennen gelernt, die so zurückgezogen gelebt hätte. Nur sie und ihre Tante bilden das Ensemble. Keine Brüder, keine Cousins, keine entfernten Verwandten, die man unter den Arm nehmen könnte. Wie töricht, so isoliert zu leben. Man raubt dem armen Mädchen jede Gelegenheit, die Welt kennen zu lernen, von andern gefährlichen Folgen ganz zu schweigen. Das rächt sich immer. Mit der Liebe geht's geradeso. Durch solches Isolieren sichert man sich wohl gegen kleine Diebe. In einem Hause, in welchem viele Menschen aus- und eingehen, macht die Gelegenheit Diebe. Das hat indessen nicht viel zu sagen; denn bei solchen Mädchen ist nicht viel zu stehlen. Wenn sie sechzehn Jahre sind, stehen in ihren Herzen schon so viele Namen geschrieben, daß ich nicht danach frage, ob mein Name da auch steht oder nicht. Im Federiksberger Garten schreibe ich meinen Namen auf keinen Baum.

27. Mai.

Je mehr ich sie ansehe, um so mehr überzeuge ich mich davon, daß sie eine ganz isolierte Figur ist. Das darf ein Mann nicht sein, auch ein Jüngling nicht; denn weil seine Entwicklung wesentlich auf der Reflexion ruht, so muß man mit andern Menschen in Berührung kommen. Ein junges Mädchen darf daher auch nicht interessant sein, denn das Interessante setzt immer eine Reflexion über sich selbst voraus. Eine Jungfrau, die dadurch zu gefallen sucht, daß sie interessant ist, wird zunächst sich selber gefallen. Das ist es, was die Ästhetik gegen alles Kokettieren einzuwenden hat. Etwas andres ist es mit allem uneigentlichen Kokettieren, sofern dasselbe seinen Grund in natürlicher Erregung hat, wie z.B. die jungfräuliche Schüchternheit stets die schönste Koketterie ist. Ein interessantes junges Mädchen mag wohl gefallen; aber gleicherweise wie sie dann selber ihre Weiblichkeit aufgegeben hat, pflegen die Männer, denen Sie gefällt, etwas Unmännliches zu haben. Interessant wird ein solches junges Mädchen eigentlich erst durch ihr Verhältnis zu den Männern. Das Weib ist das schwächere Geschlecht, und doch ist es demselben viel wesentlicher, in seiner Jugend allein zu stehen als dem Manne; es muß sich selber genug sein, aber das, wodurch und worin es sich selber genug ist, ist eine Illusion. Das ist's, womit die Natur das Weib wie eine Königstochter ausgesteuert hat. Aber diese Ruhe der Illusion macht sie gerade isoliert. Ich habe oft darüber nachgedacht, woher es wohl kommen mag, daß es für ein junges Mädchen nichts Verderblicheres gibt, als der Umgang mit vielen andern jungen Mädchen. Es hat das seinen Grund offenbar darin, daß dieser Umgang weder das eine noch das andre ist; er zerstört die Illusion, aber erklärt sie nicht. Es ist des Weibes tiefste Bestimmung, des Mannes Gesellschafterin zu sein; aber durch den Umgang mit ihrem eignen Geschlecht kommt sie leicht zu einer Reflexion, die sie statt zur Gesellschafterin des Mannes zu einer Gesellschaftsdame macht. Sollte ich mir das Ideal einer Jungfrau denken, so müßte sie immer allein in der Welt stehen und dadurch aus sich selber angewiesen sein, aber vor allem dürfte sie keine Freundinnen haben. Wohl ist es wahr, der Grazien waren drei; aber es ist gewiß noch keinem eingefallen, sich dieselben mit einander redend zu denken; sie bilden in ihrem schweigenden Trio eine weiblich schöne Einheit. Aus diesem Grunde könnte ich fast versucht sein, Jungfrauenbauer zu empfehlen, wenn dieser Zwang nicht auch wieder schädlich wirkte. Für ein junges Mädchen ist es immer am besten, wenn sie ihre Freiheit hat, ihr aber die Gelegenheit, sie zu benutzen, nicht geboten wird. Das macht sie schön und schützt sie zugleich davor, interessant zu werden. Einem jungen Mädchen, das viel mit andern jungen Mädchen verkehrt, gibt man vergebens einen Jungfrauen- oder Brautschleier; dagegen wird einer, der ästhetisch genug ist, immer finden, daß ein im tiefern und eminenten Sinn des Wortes unschuldiges Mädchen ihm verschleiert zugeführt wird, wenn es auch nicht Brauch und Sitte ist, einen Brautschleier zu tragen.

Sie ist streng erzogen; ich ehre daher ihre Eltern noch in ihren Gräbern; sie lebt sehr zurückgezogen; ich könnte ihrer Tante um den Hals fallen und ihr dafür danken. Sie hat die Freuden der Welt kennen gelernt und ist nicht blasiert. Sie ist stolz und fragt nicht nach dem, was andre junge Mädchen erfreut; so muß es sein. Schmuck und Staat gefällt ihr nicht wie andern ihres Geschlechtes; sie ist etwas polemisch, aber für ein junges Mädchen, das wie sie zur Schwärmerei geneigt ist, ist das ein notwendiges Palliativ. Sie lebt in der Welt der Phantasie. Fiele Sie in verkehrte Hände, so würde etwas sehr Unweibliches aus ihr werden können, gerade weil sie so echt weiblich ist.

30. Mai.

Überall kreuzen sich unsre Wege. Heute bin ich ihr dreimal begegnet. Alle ihre Ausflüge, selbst die kleinsten, bleiben mir nicht verborgen, aber ich benutze es nicht, um mit ihr zusammenzukommen. Mit meiner Zeit gehe ich sehr verschwenderisch um. Oft habe ich mehrere Stunden gewartet, nicht um sie zu treffen, sondern nur um ihre peripherische Existenz zu tangieren. Wenn ich weiß, daß sie zu Frau Jansen geht, treffe ich nicht gern mit ihr zusammen, es sei denn, daß es für mich von Wichtigkeit ist, eine einzelne Beobachtung zu machen; lieber gehe ich etwas früher zu Frau Jansen, um ihr in der Tür zu begegnen, wenn sie kommt und ich gehe, oder auf der Treppe, wo ich dann gleichgültig an ihr vorüberlaufe. Das ist das erste Netz, worin sie gefangen werden muß. Auf der Straße rede ich sie nicht an; ich wechsle einen Gruß mit ihr, aber nähere mich ihr niemals. Unsre häufigen Rencontres sind ihr wohl auffallend; sie merkt es, daß sich an ihrem Horizont ein neuer Stern gezeigt hat, dessen Bahn störend in den Lauf ihres Lebens greift, aber von dem diese Bewegung konstituierenden Gesetze hat sie keine Ahnung; sie ist viel eher versucht, sich nach rechts und links umzusehen, ob sie nicht den Punkt, der das Ziel bildet, entdecken könne. Daß sie das selber ist, weiß sie am allerwenigsten. Aber erst muß ich sie und ihren ganzen Charakter kennen lernen, ehe ich meinen Angriff beginne. Die meisten genießen ein junges Mädchen, wie sie ein Glas Champagner in einem schäumenden Augenblick genießen; ach ja, das ist recht schön, und bei manchen jungen Mädchen mag es das Höchste sein, was man an ihr finden kann; aber hier ist mehr. Der Genuß des Augenblicks ist nur ein eingebildeter Genuß, wie ein gestohlener Kuß. Nein, erst wenn man es dahin bringen kann, daß ein Mädchen für ihre Freiheit nur eine einzige Aufgabe hat, nämlich sich dem Geliebten ganz hinzugeben, daß sie ihre höchste Seligkeit darin sieht, sich diese Hingebung fast zu erbetteln und doch frei zu bleiben, ja erst dann ist's ein wirklicher Genuß; aber dazu gehört freilich immer ein geistiger Einfluß.

Kordelia! Es ist doch ein herrlicher Name. Ich sitze zu Hause und übe mich selber, wie ein Papagei zu sprechen, ich sage: Kordelia, Kordelia, meine Kordelia, du meine Kordelia. Ich kann mir nicht helfen, aber ich muß in dem Gedanken an die Routine, mit welcher ich diese Worte im entscheidenden Augenblick aussprechen will, lächeln. Man muß immer Vorstudien machen, alles muß geordnet sein. Kein Wunder, daß die Dichter stets den schönen Augenblick schildern, in welchem die Lieben-den nicht in überströmenden Gefühlen – viele kommen freilich niemals weiter –, sondern durch ein Herabsteigen in das Meer der Liebe den alten Menschen ablegen und aus dieser Taufe wieder emporsteigen, und sich nun erst ganz und voll als alte Bekannte erkennen, obgleich sie erst einen Augenblick alt sind. Für ein junges Mädchen ist dieser Augenblick immer der schönste ihres Lebens.

2. Juni.

Sie ist stolz, das habe ich schon lange bemerkt. Wenn sie mit den drei Jansen zusammen ist, spricht sie sehr wenig, ihre Plaudereien langweilen sie offenbar, ein gewisses Lächeln um den Mund scheint darauf hinzu-deuten. Auf dieses Lächeln baue ich. – Zu andern Zeiten kann sie – zu großer Verwunderung der Jansen – fast knabenhaft wild sein. Das ist mir, wenn ich an das Leben ihrer Kindheit denke, nicht gerade unerklär-lich. Sie hatte nur einen einzigen Bruder, der ein Jahr älter war. Sie kennt nur Vater und Bruder, ist Zeuge ernster Auftritte gewesen, darum gefällt ihr das gewöhnliche Gänsegeschnatter nicht. Ihr Vater und ihre Mutter haben nicht glücklich miteinander gelebt; was sonst – klarer oder dunkler – einem jungen Mädchen lächelt, lächelt ihr nicht. Möglicher-weise weiß sie selber nicht, was ein junges Mädchen ist. Vielleicht möchte sie in einzelnen Augenblicken sogar wünschen, sie wäre ein Mann.

Sie hat Phantasie, Seele, Leidenschaft, kurz, alle Substantialitäten, aber nicht subjektiv reflektierte. Heute überzeugte mich ein Zufall recht davon.

Ich weiß von der Firma Jansen, daß sie nicht spielt, das streitet mit den Grundsätzen der Tante. Das habe ich schon immer beklagt, denn Musik ist stets ein gutes Kommunikationsmittel mit einem jungen Mädchen, nur muß man so vorsichtig sein, nicht als Kenner aufzutreten. Heute ging ich zu Frau Jansen hinaus, ich hatte die Tür halb geöffnet, ohne anzuklopfen, eine Unverschämtheit, die mir schon manchen guten Dienst geleistet hat – sie saß allein am Klavier und spielte eine schwedische Melodie – sie spielte nicht fertig, und wurde ungeduldig, aber dann kamen wieder weichere Töne. Ich schloß die Tür und blieb draußen, dem Wechsel ihrer Stimmungen lauschend; in ihrem Spiel war oft eine gewaltige Leidenschaft, und in ihrem Vortrag etwas Wehmütiges, aber auch etwas Dithyrambisches.

Ich hätte hineinstürzen und diesen Augenblick ergreifen können – das wäre töricht gewesen. Die Erinnerung ist nicht nur ein gutes Konversationsmittel, sondern was von ihr durchdrungen ist, wirkt doppelt. – Man findet oft in Büchern, besonders in Gesangbüchern, eine kleine Blume. Ein schöner Augenblick war's, als sie hineingelegt ward, aber noch schöner ist die Erinnerung. – Sie will offenbar nicht, daß ihr Spiel bemerkt wird, oder spielt sie vielleicht nur diese kleine schwedische Melodie – hat sie ein besondres Interesse für sie? Das alles weiß ich nicht, aber gerade deshalb ist diese Begebenheit für mich so besonders wichtig, und wenn ich einmal vertraulicher mit ihr spreche, wird das Gift schon sein Werk tun.

3. Juni.

Noch ist sie mir ein Rätsel; deshalb verhalte ich mich so still, – ja wie ein Soldat im Felde, der sich auf die Erde wirft und dem fernsten Widerhall des heranrückenden Feindes lauscht. Ich existiere eigentlich gar nicht für sie, nicht weil etwa ein negatives Verhältnis zwischen uns besteht, sondern weil wir in gar keinem Verhältnis zu einander stehen. Noch habe ich kein Experiment gewagt. – Sie sehen und lieben, war eins – so heißt's im Roman. Ja, das könnte wahr sein, wenn die Liebe keine Dialektik hätte; aber was erfährt man in den Romanen auch von wirklicher Liebesglut? Lügen, und abermal Lügen, die nur dazu dienen, die Aufgabe zu verkürzen.

Wenn ich nach dem, was ich bisher gesehen und gehört habe, an den Eindruck zurückdenke, den unser erstes Begegnen auf mich machte, so ist meine Vorstellung von ihr wohl modifiziert, aber sowohl zu ihrem, wie zu meinem Vorteil. Nach meiner strengsten Kritik geprüft war sie: reizend. Aber das ist ein sehr flüchtiger Moment, der verschwindet, wie der Tag, der vergangen ist. Ich hatte sie mir noch nicht in den Umgebungen, in welchen sie lebt, vorgestellt, am wenigsten gedacht, daß sie mit den Stürmen des Lebens so unreflektiert vertraut war.

Ich möchte doch wissen, wie es mit ihren Gefühlen steht. Verliebt ist sie gewiß noch niemals gewesen, dazu ist ihr Geist zu hochfahrend, am allerwenigsten gehört sie zu jenen theoretisch erfahrenen Jungfrauen, die sich schon lange vor der Zeit an den Gedanken gewöhnt haben, in den Armen eines geliebten Mannes zu ruhen. Ihre Seele nährt sich noch von dem göttlichen Ambrosia der Ideale. Aber das Ideal, das ihr vorschwebt, ist nicht gerade eine Schäferin oder eine Heldin in einem Roman, sondern eine *Jungfrau von Orleans* oder dergleichen.

Die Frage bleibt doch immer dieselbe: ist ihre Weiblichkeit stark genug, daß sie sich schon reflektieren läßt, oder will sie nur wie die Schönheit und Anmut genossen werden? Mit andern Worten: darf man den Bogen straffer spannen? Es ist schon ein Großes, wenn man eine reine unmittelbare Weiblichkeit findet, aber darf man das Changement riskieren, so hat man das Interessante. In solchem Fall schafft man ihr am besten einen guten Freier an den Hals. Ein Aberglaube, wenn man meint, das schade einem jungen Mädchen. –

Am besten wär's, wenn sie noch nie von Liebe gehört hätte, aber im andern Fall würde ich mich keinen Augenblick bedenken, ihr einen Freier zu verschaffen, wenn sie noch keinen hat. Dieser Freier darf allerdings keine Karikatur sein, denn dadurch wird nichts gewonnen. Er sei ein respektabler junger Mann, wenn möglich sogar liebenswürdig, aber doch zu wenig für ihre Leidenschaft. Einen solchen Menschen übersieht sie, fängt an die Liebe zu verschmähen, ja zweifelt fast an ihrer eignen Realität, wenn ihr das Ideal vor Augen schwebt und sie zugleich sieht, was das wirkliche Leben ihr an Liebe bietet. »Heißt das lieben«, – so sagt sie – »dann ist's nichts Großes um die Liebe.« In ihrer Liebe wird sie stolz, und dieser Stolz macht sie interessant; aber zugleich ist sie ihrem Fall näher denn je, und auch dadurch wird sie immer interessanter. Deshalb wird es das Richtigste sein, ich versichere mich erst ihrer Bekanntschaften. Vielleicht findet sich ja ein solcher Liebhaber. Ich will mich nun aufmachen, um ihn zu suchen. Es darf natürlich kein feuriger Held sein, der den Mut hat, ein Haus zu stürmen, sondern es muß ein

Hühnerdieb sein, der sich auch in solch klösterliches Haus einzuschleichen weiß.

Es bleibt daher das strategische Prinzip, das Gesetz aller Bewegungen in diesem Feldzug, sie immer in einer interessanten Situation zu berühren. Das Interessante ist das Gebiet, auf welchem der Krieg geführt werden muß, die Potenz des Interessanten muß erschöpft werden. Wenn ich nicht sehr irre, ist auch ihre ganze Konstitution darauf berechnet, so daß, was ich verlange, gerade dasjenige ist, was sie gibt, ja was sie verlangt. Man muß erlauschen, was der einzelne geben kann, und was er aus demselben Grunde fordert. Meine Liebesgeschichten haben deshalb immer eine Realität für mich selbst, sie machen ein Lebensmoment aus, eine Bildungsperiode, die ich genau verfolgt habe, oft knüpft sich sogar diese oder jene Fertigkeit daran. So lernte ich um meiner ersten Liebe willen tanzen, eine kleine Tänzerin war die Veranlassung, daß ich einen Kursus in der französischen Konversation nahm. Damals ging ich wie alle Toren auf den Markt und ward oft genarrt. Nun schlage ich ihm einen Handel vor.

Vielleicht hat sie jetzt *eine* Seite des Interessanten erschöpft, ihr eingezogenes Leben scheint darauf hinzudeuten. Wir werden also eine andre Seite aussuchen müssen, etwas, was ihr auf den ersten Blick nichts weniger als interessant zu sein scheint, aber es gerade aus diesem Grunde werden kann. Zu dem Ende wähle ich nicht das Poetische, sondern das Prosaische. Hiermit fangen wir an. Zuerst wird ihre Weiblichkeit durch prosaische Verständigkeit und Spott neutralisiert, und zwar nicht direkt, sondern indirekt, so auch durch das absolute Neutrale: den Geist. Sie verliert beinahe ihre Weiblichkeit vor sich selber; aber in diesem Zustande kann sie nicht für sich bleiben, sie wirft sich mir in die Arme, nicht als wäre ich ihr Geliebter, nein, noch ganz neutral. Nun erwacht die Weiblichkeit wieder, man steigert sie bis zu ihrer höchsten Elastizität, man läßt sie gegen diese oder jene wirkliche Autorität verstoßen, sie geht über dieselbe hinaus, ihre Weiblichkeit erreicht eine fast übernatürliche Höhe, sie gehört mir mit glühender Leidenschaft.

5. Juni.

Weit brauchte ich in der Tat nicht zu gehen. Sie verkehrt im Hause des Grossisten *Baxter*. Hier fand ich nicht nur sie, sondern auch einen Menschen, der mir wie gerufen kam. *Eduard*, der Sohn des Hauses, ist sterblich in sie verliebt. Er ist im Kontor seines Vaters, ein hübscher

Mensch, recht angenehm, etwas schüchtern; dieses letztere schadet ihm aber in ihren Augen offenbar nicht.

Armer Eduard! Er weiß gar nicht, wie er es mit seiner Liebe anfangen soll. Wenn sie einmal des Abends da ist, macht er allein um ihretwillen Toilette, zieht seinen neuen schwarzen Anzug an – allein um ihretwillen, Manschetten – allein um ihretwillen, und macht so in der übrigens ganz täglichen Gesellschaft, die nur im Wohnzimmer versammelt ist, eine fast lächerliche Figur. Seine Verlegenheit grenzt ans Unglaubliche. Wäre das nur eine Maske, dann freilich würde Eduard mir ein gefährlicher Neben- buhler sein. Es gehört eine große Kunst dazu, die Verlegenheit recht in seinen Dienst zu ziehen, aber man erreicht durch dieselbe auch sehr viel. 274 Wie oft habe ich dadurch ein kleines Fräulein genarrt. Im allgemeinen sprechen sich junge Mädchen sehr scharf über verlegene Männer aus, und doch haben sie dieselben im geheimen gern. Etwas Verlegenheit schmeichelt der Eitelkeit eines Mädchens, sie fühlt ihre Überlegenheit – das ist das Handgeld. Wenn man sie nun so in Schlaf gesungen hat, dann zeigt man ihnen gerade bei einer Gelegenheit, wo sie glauben mußten, man werde vor Verlegenheit sterben, daß man gar nicht daran denkt, sondern sehr wohl allein gehen kann. Durch Verlegenheit verliert man seine männliche Bedeutung, dieselbe ist daher auch ein relativ gutes Mittel, das Geschlechtsverhältnis zu neutralisieren. Merken sie nun aber, daß es nur eine Maske war, dann erröten sie in sich selber, denn sie fühlen es sehr gut, daß sie ihre Grenze überschritten haben. Es ist dann ungefähr so, als ob sie einen Knaben zu lange als ein Kind behandelt haben.

7. Juni.

So sind wir denn Freunde, *Eduard* und ich; es ist eine wahre Freund- schaft, ein schönes Verhältnis zwischen uns, wie es seit den besten Tagen Griechenlands nicht bestanden hat. Wir wurden bald vertraut, und es bedurfte nicht vieler Künste, bis er mir sein Geheimnis entdeckte. Armer Bursche, er hat schon lange geseufzt. So oft sie kommt, macht er Toilette, begleitet sie abends nach Hause, sein Herz klopft im Gedanken daran, daß ihr Arm auf dem seinen ruhen wird, sie gehen zusammen, schauen zu den Sternen hinauf, er schellt an ihrer Haustür, sie verschwindet, er verzweifelt – aber hofft auf bessere Zeiten. Er hat noch niemals den Mut gefunden, sie in ihrem Hause zu besuchen, und doch ist die Gelegenheit für ihn so günstig wie nur möglich. Obgleich ich oft bei mir selber über

Eduard lachen muß, so ist in seinem kindlichen Wesen doch etwas Schönes. Ich kenne alle erotischen Stadien ziemlich genau, aber solche zitternde Angst eines liebenden Herzens habe ich noch niemals an mir selber beobachtet, will sagen, in dem Maß, daß sie mir alle Fassung raubt; denn sonst ist sie mir nicht unbekannt, aber mich macht dieselbe eher stark. So bin ich denn noch nie recht verliebt gewesen? Mag wohl sein. Ich habe Eduard ausgescholten, ich habe ihm gesagt, er könne sich auf meine Freundschaft verlassen. Morgen soll er einen entscheidenden Schritt tun, persönlich zu ihr gehen und sie einladen. Er bat mich, ihn zu begleiten; auf diese verzweifelte Idee habe ich ihn selber gebracht, und ich war bereit, seinen Wunsch zu erfüllen. Er sieht darin einen außerordentlichen Freundschaftsbeweis. Die Gelegenheit ist ganz so wie ich sie wünsche.

Früher brauchte ich mich nicht gerade auf eine Konversation vorzubereiten, nun ist's meine Pflicht, die Tante zu unterhalten. Ich habe Eduard das Versprechen gegeben, um dadurch seine verliebten Bewegungen gegen Kordelia zu decken. Die Tante hat sich früher auf dem Lande aufgehalten, und sowohl durch meine eignen sorgfältigen Studien landwirtschaftlicher Schriften, sowie durch die Mitteilungen der Tante, die auf Erfahrung beruhen, mache ich bedeutende Fortschritte in der Ökonomie.

Bei der Tante mache ich vollkommen mein Glück, sie sieht in mir einen gesetzten und ordentlichen Menschen, mit dem man sich wohl einlassen könne. Bei Kordelia scheine ich nicht sonderlich angeschrieben zu sein. Wohl ist sie eine zu reine unschuldige Weiblichkeit, um es zu fordern, daß jeder Mann ihr seine Aufwartung mache, aber doch fühlt sie nur zu sehr das Empörende meiner Existenz.

Wenn ich dann in dem gemütlichen Zimmer sitze und sie wie ein guter Engel überall und über alle, die mit ihr in Berührung kommen, über Gute und Böse, ihren Zauber ausübt, dann werde ich zuweilen bei mir selber ungeduldig und fühle mich versucht, aus meiner Höhle hervorzustürzen; denn obgleich ich vor aller Augen in meinem Sessel sitze, liege ich doch gewissermaßen in meiner Höhle auf der Lauer; ich fühle mich versucht, ihre Hand zu ergreifen, und das liebe Mädchen fest in meine Arme zu schließen, daß niemand sie mir raube. Oder wenn Eduard und ich sie abends verlassen, wenn sie mir ihre Hand zum Abschied reicht und ich dieselbe in der meinen halte, dann fällt's mir zuweilen schwer, den Vogel wieder fliegen zu lassen. Geduld – *quod antea fuit impetus, nunc ratio est* – sie muß noch ganz anders in mein Garn gelockt werden – und dann lasse ich plötzlich die ganze Macht meiner Liebe losbrechen. Wir haben uns diesen Moment nicht durch Näschereien, 276 durch unzeitige Antizipationen verdorben, das dankst du mir, meine Kordelia. Ich spanne den Bogen Amors, um desto tiefer zu verwunden. Wie ein Bogenschütze spanne ich die Sehne bald schlaffer, bald strammer und höre ihren Gesang, das ist meine Kriegsmusik, aber ich ziele noch nicht, lege den Pfeil noch nicht auf die Sehne.

Wenn einige wenige Personen in demselben Zimmer öfters miteinander in Berührung kommen, so entwickelt sich leicht eine Tradition und jeder nimmt seinen besondern Platz ein. So ist's auch im *Wahl*schen Hause. Abends trinken wir Tee. Nachher setzt die Tante sich an den kleinen Nähtisch, welchen Platz Kordelia wieder verläßt, um sich an den Tisch vor dem Sofa zu setzen, ihr folgt Eduard, ich folge der Tante. Eduard will leise und geheimnisvoll flüstern, und gewöhnlich macht er das so gut, daß er rein stumm wird; ich habe vor der Tante keine Geheimnisse, spreche über die Marktpreise, rechne aus, wie viele Liter Milch zu einem Pfund Butter gehören, durch das Medium des Rahmes und die Dialektik des Butterns – das ist wirklich nicht nur etwas, was ein junges Mädchen ohne Schaden hören kann, sondern es ist auch eine solide und erbauliche Konversation, die Kopf und Herz gleicherweise veredelt. Ich wende dem Teetisch und Eduards und Kordelias Schwärmerei den Rücken, ich schwärme mit der Tante; aber während die letztere nichts von dem hört, was zwischen Eduard und Kordelia gesprochen wird, vorausgesetzt, daß sie überhaupt miteinander sprechen – das habe ich Eduard versprochen, und ich halte mein Wort –, kann ich jedes Wort, das gewechselt wird, ja jede noch so unbedeutende Bewegung hören. Das ist mir wichtig, denn ein verzweifelter Mensch kann auch einmal etwas Verzweifeltes wagen.

Es ist doch ein eigentümliches Bild, das wir vier zusammen bilden. Ich könnte wohl eine Analogie entdecken, wenn ich *Mephistopheles* vorstellen wollte. Die Schwierigkeit ist nur die, daß Eduard kein *Faust* ist. Spiele ich aber Fausts Rolle, so müßte Eduard Mephistopheles sein, und dazu paßt er gewiß nicht. Aber auch ich bin kein Mephistopheles, am allerwenigsten in Eduards Augen. Er sieht mich als den guten Genius seiner Liebe an, und daran tut er wohl, wenigstens kann er sicher sein, 277 daß keiner so sehr über seiner Liebe wacht wie ich. Ich habe ihm versprochen, die Tante zu unterhalten, und diese verschwindet vor unsern Augen auch fast in lauter Ökonomie; wir gehen in Küche und Keller, auf den Boden, sehen nach Hühnern und Enten, nach den kleinen Gänsen u.s.w. Das alles ärgert Kordelia, denn was ich eigentlich will, kann sie natürlich nicht begreifen. Ich bleibe ihr ein Rätsel, aber ein Rätsel, das sie gar nicht erraten möchte, sondern das sie erbittert, ja indigniert. Sie fühlt es sehr wohl, daß die Tante fast lächerlich wird, obgleich sie eine so ehrwürdige Dame ist, daß sie es gewiß nicht verdient, und doch muß Kordelia oft heimlich über sie lächeln. Das sind Etüden, die gemacht werden müssen. Nicht als ob ich es mit Kordelia zusammen täte, nein, ich bleibe unverändert ernst, nur sie muß lächeln. Das ist die erste falsche Weisheit: wir müssen sie lehren, ironisch zu lächeln; aber dieses Lächeln trifft mich fast ebensosehr wie die Tante; denn sie weiß absolut nicht, was sie von mir denken soll. Möglicherweise bin ich ja doch ein junger Mann, der zu früh alt geworden ist, oder – – oder – –. Und wenn sie dann über die Tante gelacht hat, so wird sie auf sich selber böse, ich wende mich um, und indem ich mit der Tante weiter spreche und sie ganz ernsthaft ansehe, lächelt sie über mich, über die Situation.

Unser Verhältnis ruht nicht auf einer Attraktion des Verständnisses, sondern auf einer Repulsion des Mißverständnisses. Meine Methode hat nur einen Fehler, sie führt sehr langsam zum Ziel, ja langsam, aber sicher.

Welch verjüngende Macht besitzt doch ein junges Mädchen, nicht die frische Morgenluft, nicht die Winde und Wogen des Meeres, nicht des Weines Feuer – nichts, nichts in der Welt hat diese verjüngende Macht.

Bald wird sie mich hassen. Ich trete ganz als Hagestolz auf, spreche es als meinen höchsten Wunsch aus, immer gemütlich zu sitzen, bequem zu liegen, einen zuverlässigen Diener zu haben, einen Freund, auf den man sich verlassen kann, wenn man Arm in Arm mit ihm geht, u.s.w. Das reizt zur Ironie. Über einen Hagestolz darf man lachen, man kann ja Mitleiden mit ihm haben, aber ein junger Mensch, der doch nicht ohne Geist ist, empört durch solches Auftreten ein junges Mädchen. Die ganze Bedeutung, Schönheit und Poesie ihres Geschlechtes wird dadurch zerstört.

So gehen die Tage hin, ich sehe sie, aber spreche nicht mit ihr, ich spreche mit der Tante in ihrer Gegenwart. Nur zuweilen in der Nacht fällt es mir ein, meiner Liebe Luft zu machen. Dann gehe ich, in meinen Mantel gehüllt, den Hut tief über die Augen gezogen, nach dem Hause hin, in dem sie wohnt. Zuweilen steht sie einen Augenblick am Fenster, oder sie öffnet es und sieht hinauf zu den Sternen. In diesen nächtlichen

Stunden gehe ich wie ein Geist umher, da vergesse ich alles, habe keine Pläne, mache keine Berechnungen, werfe den Verstand über Bord, weite und stärke meine Brust durch tiefe Seufzer, eine Motion, die ich nicht entbehren kann, weil ich unter dem Systematischen meines ganzen Lebens zu sehr leide. Andre Menschen sind am Tage Tugendhelden und sündigen des Nachts, ich bin am Tage ein Heuchler und nachts voller Sehnsucht. Wenn sie mich hier sähe, wenn sie in meine Seele hineinsehen könnte – ja, wenn!

Verstände dieses Mädchen sich selber, dann müßte sie einräumen, daß ich der rechte Mann für sie wäre. Sie ist zu heftig, zu leicht erregt, um in der Ehe glücklich werden zu können. Durch einen gewöhnlichen Verführer darf sie nicht fallen; wenn sie durch mich fällt, so rettet sie aus diesem Schiffbruch das Interessante. Im Verhältnis zu mir muß sie, wie die Philosophen mit einem Wortspiel sagen, »zu Grunde gehen.«

Sie mag eigentlich nicht hören, was *Eduard* spricht, und lauscht zuweilen meiner Unterhaltung mit der Tante. Wenn ich das merke, kommt eine fern am Horizont aufleuchtende Andeutung aus einer ganz andern Welt, und sowohl die Tante wie Kordelia sind erstaunt. Die Tante sieht den Blitz, aber hört nichts, Kordelia hört die Stimme, aber sieht nichts. Im selben Augenblick ist wieder alles in seiner alten Ordnung, die Konversation zwischen der Tante und mir geht, während die Wehmut der Teemaschine sie akkompagniert, ihren einförmigen Gang weiter. Solche Augenblicke können recht ungemütlich sein, besonders für Kordelia. Sie hat keinen, mit welchem sie sprechen kann. Wendet sie sich an Eduard, so könnte es passieren, daß er in seiner Verlegenheit einen dummen Streich machte; sieht sie sich nach der Tante und mir um, dann ruft die Sicherheit, die bei uns herrscht, der monotone Hammerschlag der ruhigen Konversation, gerade Eduards Unsicherheit gegenüber den unangenehmsten Gegensatz hervor. Ich kann's mir wohl denken, daß die Tante in Kordelias Augen wie verhext sein muß, so gleichmäßig bewegt sie sich im Tempo meines Taktes. Sie kann aber auch nicht an unsrer Unterhaltung teilnehmen, denn ich behandle sie ganz wie ein Kind, das die Welt noch nicht kennt. Das erlaubt mir mein intimes Verhältnis zur Tante. Dadurch wird ihre Weiblichkeit nicht verletzt, sondern nur neutralisiert; denn es kann sie ja nicht beleidigen, wenn ich voraussetze, daß sie die Marktpreise nicht kennt; aber es empört sie, daß derartiges das Höchste im Leben sein soll. Die Tante dagegen ist fast fanatisch geworden. Das einzige, worin sie sich nicht finden kann, ist, daß ich nichts bin. Deshalb mache ich jetzt, so oft von einem vakanten Amt die Rede ist, die Bemerkung: »Das Amt wäre für mich«, und spreche dann sehr ernsthaft mit ihr darüber. Kordelia merkt natürlich die Ironie, und das ist's ja gerade, was ich will.

Armer Eduard! Er ist mir so unendlich verbunden, daß er fast nicht weiß, wie er mir danken soll!

Warum könnt ihr nicht hübsch ruhig bleiben? Was habt ihr denn nun den ganzen Morgen andres getan, als an meiner Markise zu reißen, mit meinem Reflexionsspiegel und der Schnur daran zu spielen, am Fenster zu klappern und euch auf alle mögliche Weise bemerkbar zu machen, wie wenn ihr mich zu euch hinausrufen wolltet? Ja, das Wetter ist schön, aber ich mag nicht, laßt mich zu Hause … ihr mutwilligen, ausgelassenen Zephyrwinde, ihr frohen Bursche, ihr könnt ja allein gehen und euch, wie immer, mit den jungen Mädchen unterhalten. Ja, ich weiß es wohl, keiner versteht ein Mädel so verführerisch zu umarmen, wie ihr, sie kann euch nicht entfliehen – und sie will's auch gar nicht; denn ihr vermehrt ihre innere Glut nicht, ihr kühlt … Ihr meint, davon hättet ihr kein Vergnügen, ihr tätet es nicht um euretwillen … Nun wohl, ich gehe mit; aber nur unter zwei Bedingungen. Zum ersten, es wohnt auf dem Kongens Nytorv ein junges Mädchen, in der Tat ein reizendes Mädchen, aber sie will mich nicht lieben; und was noch schlimmer ist, sie liebt einen andern, und das geht schon so weit, daß die beiden Arm in Arm miteinander spazieren gehen. Um ein Uhr will er sie heute abholen. Nun versprecht ihr mir, daß die stärksten Bläser unter euch sich da in der Nähe bis zu dem Augenblick verstecken, wo er mit ihr aus der Haustür tritt. Sobald er in die große Königsstraße einbiegt, stürzt dies Detachement hervor, nimmt ihm auf die höflichste Weise den Hut vom Kopf und läßt ihn in einiger Entfernung zur Erde fallen; nicht zu weit, denn sonst ginge er möglicherweise wieder nach Hause. Er glaubt ihn stets in der nächsten Sekunde zu greifen, und läßt auch ihren Arm nicht fahren. So führt ihr ihn und sie durch die große Königstraße allmählich bis zum Hoibroplatz … Wieviel Zeit rechnet ihr darauf? Ich denke eine halbe Stunde. *Eh bien*, präzise halb ein Uhr komme ich von der Osterstraße. Wenn nun jenes Detachement die Liebenden mitten auf den Platz geführt hat, dann macht ihr einen gewaltsamen Angriff auf dieselben, reißt auch ihren Hut ab, zerzaust ihr Haar und entführt ihren Schal, während der Hut jubelnd höher und höher fliegt; kurz, ihr macht eine Konfusion, daß das ganze hochgeehrte Publikum, nicht ich allein, in ein schallendes Lachen ausbricht, die Hunde fangen an zu bellen, der Wächter auf dem Turm zieht die Sturmglocke u.s.w. Ihr richtet es so ein, daß der Hut nach mir hin fliegt, damit ich der Glückliche bin, der ihr denselben überreichen darf. Das war das Erste, nun das Zweite. Die Abteilung des Detachements, die mir folgt, gehorcht meinen leisesten Winken, hält sich in den Grenzen des Anstandes, beleidigt kein junges Mädchen, erlaubt sich keine größere Freiheit, als daß die kindliche Seele während des ganzen Scherzes ihre Freude, der Mund sein Lächeln, das Auge seine Ruhe bewahren kann und das Herz ohne Angst bleibt. Wagt einer von euch anders aufzutreten, so soll euer Name verflucht werden. – Und nun vorwärts, hinein ins Leben mit all seiner Freude, seiner Jugend und Schönheit. Zeigt mir, was ich schon so oft gesehen habe, und was mich doch nie ermüdet, so oft ich es auch wiedersehe, zeigt mir ein schönes, junges Mädchen, enthüllt mir ihre Schönheit, daß sie selbst noch dadurch schöner wird; examiniert sie so, daß sie an dem Examen Freude hat!–

–– Ich gehe die Breitestraße, aber ich kann, wie ihr wißt, über meine Zeit nur bis halb zwei Uhr disponieren. – –

Da kommt ein junges Mädchen, drall und geputzt, es ist heute ja Sonntag … Kühlt sie ein wenig und umarmt sie mit eurer unschuldigen Berührung. Die Wangen erröten, die Lippen färben sich stärker, der Busen wogt … nicht wahr, mein Mädchen, das ist unbeschreiblich, es ist ein seliger Genuß, die frische Luft einzuatmen. Sie geht langsamer, fast wird sie von den leisen Lüften getragen, wie eine Wolke, wie ein Traum … Weht etwas stärker, in längern Zügen! … Sie sammelt sich, die Arme legen sich fester um die Brust, sie hüllt sie vorsichtiger ein, damit ihr unbescheidenen Burschen ihr nicht zu nahe kommt … Ja, alle Anfechtung macht den Menschen schöner. Jedes Mädchen müßte sich in den Zephyr verlieben; denn kein Mann versteht es wie er, mit ihr kämpfend, ihre Schönheit zu erhöhen … Nicht wahr, mein Mädchen, es ist erquickend, wenn man warm geworden ist, diese erfrischenden Lüfte um sich zu fühlen. Man könnte aus reiner Dankbarkeit, aus Freude am Leben, seine Arme ausbreiten … Sie wendet sich zur Seite … Nun rasch einen kräftigen Stoß, daß ich die Schönheit ihrer Formen ahnen kann! … Etwas stärker! daß die Draperie sich enger um sie schließt! … Nein, das ist zu viel! … Sie geht nicht mehr so ruhig und leicht … Wieder wendet sie sich um … Blast zu … genug, genug! Schon zu viel,

ihre eine Locke fällt über ihr Gesicht ... wollt ihr euch wohl mäßigen!
-- Ah, da kommt ein ganzes Regiment:

> Die eine ist verliebt gar sehr;
> Die andre wär' es gerne.

Hab ich's nicht richtig gemacht? Wenn man selber den Wind auf dem
Rücken hat, so kann man leicht an dem Geliebten vorübersegeln; aber
hat man ihn konträr, so kommt man in eine angenehme Bewegung und
fliegt dem Geliebten entgegen, und der Wind erfrischt einen und fühlt
die Frucht der Lippen, die am besten kalt genossen sein will ... Wie sie
lachen und schwatzen – und der Wind trägt ihre Worte weg – und sie
lachen wieder und beugen sich vor dem Winde, halten den Hut fest und
gehen vorsichtiger ... Ruhig, ruhig, ihr Winde, daß die jungen Mädchen
nicht ungeduldig werden, uns zürnen oder sich vor uns fürchten! – –
    Recht so, resolut und gewaltig, das rechte Bein vor dem linken ... Wie
sieht sie sich keck und mutig in der Welt um ... Sie hat einen unter
dem Arm, also verlobt! Laß sehen, mein Kind, welches Präsent hat dir
der Weihnachtsbaum des Lebens gebracht? ... O ja, das scheint wirklich
ein sehr solider Bräutigam zu sein. Sie ist im ersten Stadium der Verlobung, sie liebt ihn – wohl möglich, aber doch flatterte ihre Liebe, weit
und geräumig, lose um ihn her; sie besitzt noch den Liebesmantel, der
vieles verbergen kann ... Blast etwas kräftiger! ... Sieh, da kommt eine
Freundin, die sie grüßen müssen. Sie sieht sie zum erstenmal nach ihrer
Verlobung ... Aufgepaßt, der Wind will den Hut entführen, halt ihn
fest, beuge den Kopf etwas ... Wirklich fatal, sie konnten die Freundin
nicht grüßen, konnten sie nicht mit der überlegenen Miene grüßen, die
eine Braut immer andern jungen Mädchen gegenüber annimmt ... Blast
nun etwas weniger ... Jetzt kommen die schönen Tage ... wie sie sich
so fest an den Geliebten hält, sie sieht ihn an, freut sich seiner und ist
selig im Gedanken an die Zukunft ... O, mein Mädchen, du machst zu
viel aus ihm ... Oder hat er es nicht mir und dem Winde zu danken,
daß er so kräftig und gesund aussieht? Und hast du selber es nicht auch
mir und den linden Lüften zu danken, daß du so lebensfroh, so sehnsuchtsvoll, so ahnungsvoll bist? – – – Das ist ein Paar, das für einander
bestimmt ist.
    Wie fest, wie sicher treten sie auf, sie vertrauen einander ganz. Ihre
Bewegungen sind nicht leicht und graziös, sie tanzen nicht miteinander,

nein ihre Lebensanschauung heißt: Das Leben eine Wanderschaft. Und sie scheinen in der Tat prädestiniert zu sein, so miteinander Arm in Arm durch des Lebens Freuden und Leiden zu wandern. Sie harmonieren so sehr mit einander, daß die Dame sogar ihren Anspruch, auf dem Trottoir zu gehen, aufgegeben hat … Aber, ihr lieben Zephyrwinde, warum so eifrig hinter dem Paare her? Es scheint dessen wirklich nicht wert zu sein, oder doch? … Aber die Uhr ist halb zwei, zurück zum Hoibro-Platz.

Allmählich gehe ich zu direkterem Angriff über. Ich habe meinen Stuhl so gesetzt, daß ich mich mehr an sie wenden kann. Ich lasse mich mehr mit ihr ein, rede sie an, entlocke ihr eine Antwort. Ihre Seele ist leidenschaftlich, heftig, sie hat Freude an dem Außergewöhnlichen. Meine Ironie über die Torheit der Menschen, mein Spott über ihre Feigheit, über ihre schläfrige Trägheit fesselt sie. Sie möchte schon den Sonnenwagen am Himmel lenken, der Erde ein wenig nahe kommen und die Menschen etwas schmoren. Rechtes Vertrauen zu mir hat sie jedoch trotzdem nicht; bisher habe ich jede Annäherung sogar auf dem Gebiet des Geistes verhindert. Sie muß erst in sich selber stark werden, ehe sie in meinen Armen ruht.

3. Juli

Als Weib haßt sie mich – als begabtes Weib fürchtet sie mich – und als guter Kopf – liebt sie mich. Diesen Streit habe ich nun in ihrer Seele ins Leben gerufen. Mein Stolz, mein Trotz, mein kalter Spott reizen sie – nicht zur Liebe; nein, solche Gefühle hat sie gewiß nicht, am wenigsten gegen mich. Sie will mit mir wetteifern. Sie ist ziemlich frei gegen mich; denn sie sieht ja in mir keinen Liebhaber. Sie ergreift meine Hand, drückt sie, lacht und erweist mir eine gewisse Aufmerksamkeit in rein griechischem Sinn. Wenn der ironische Spötter sie dann lange genug unterhalten hat, dann – verschwinde ich mit ihr in der Luft, schwinge mich mit ihr auf in das Reich des Geistes. Oder ich nehme sie nicht mit mir, sondern setze mich gerade vor einen Gedanken hin, grüße sie mit der Hand und werde unsichtbar vor ihr, nur vernehmbar im Haufen des geflügelten Wortes. Dann will sie mir im kühnen Gedankenflug folgen, sich aufschwingen auf Adlersflügeln. Doch das währt nur einen Augenblick, im nächsten Moment bin ich wieder kalt und trocken.

Es gibt verschiedene Arten jungfräulichen Errötens, jenes grobe Rotwerden, wie wir es in den Romanen finden, wo die Heldinnen »über und über« erröten, und dann das feinere Erröten, die Morgenröte des Geistes, bei einem jungen Mädchen unbezahlbar. Das flüchtige Erröten, das einer glücklichen Idee folgt, ist schön beim Manne, schöner beim Jünglinge, reizend beim Weibe. Es ist das Sprühen des Blitzes, das Wetterleuchten des Geistes, am schönsten beim Jüngling, reizend bei dem jungen Mädchen, weil es ihre Jungfräulichkeit in schönstem Lichte zeigt. Je älter man wird, um so mehr verschwindet dieses Erröten.

Zuweilen lese ich Kordelia etwas vor, meistens etwas sehr Gleichgültiges. Ich habe Eduard nämlich darauf aufmerksam gemacht, daß man sich mit einem jungen Mädchen sehr hübsch in Rapport setzen kann, wenn man ihr Bücher leiht. Und in der Tat ist sie ihm dafür sehr dankbar. Ich aber habe den größten Gewinn, denn ich bestimme die Wahl der Bücher und stehe immer draußen vor. Hier habe ich einen schönen Observationsplatz. Ich gebe Eduard die Bücher, die ich haben will, denn die Literatur ist ihm eine *terra incognita*; wenn ich dann abends mit ihr zusammen komme, nehme ich wie zufällig ein Buch in die Hand, blättere in demselben, lese halblaut und rühme Eduard wegen seiner Aufmerksamkeit.

Gestern abend wählte ich Bürgers Leonore, weil dieselbe trotz aller ihrer Schönheit doch etwas überspannt ist. Ich las das Gedicht mit großem Pathos vor. Kordelia war bewegt, sie nähte sehr rasch, als wollte Wilhelm sie abholen. Ich schwieg; die Tante hatte ohne sonderliche Teilnahme zugehört, sie fürchtet sich weder vor einem lebendigen, noch vor einem toten Wilhelm, ist auch außerdem des Deutschen nicht recht mächtig, war jedoch ganz in ihrem Element, als ich ihr das schön gebundene Exemplar zeigte und eine Unterhaltung über Buchbinderarbeit anfing. Mein Zweck war, bei Kordelia den Eindruck des Pathetischen in demselben Augenblick, in welchem ich ihn hervorgerufen hatte, wieder aufzuheben. Ihr ward etwas angst, aber diese Angst wurde offenbar nicht zu einer Versuchung, sondern wirkte nur unheimlich auf sie.

Zum erstenmal hat heute mein Auge auf ihr geruht. Man sagt, der Schlaf könne die Augenlider so schwer machen, daß sie sich schließen. Vielleicht lag auch in meinem Blick etwas Ähnliches. Das Auge schließt sich, und doch regen sich dunkle, geheimnisvolle Mächte. Sie sieht es nicht, daß ich sie ansehe, sie fühlt es, fühlt es im ganzen Körper. Das Auge schließt sich, und es ist Nacht; aber in ihr ist's heller Tag.

Eduard muß fort. Er treibt's bis zum äußersten. Jeden Augenblick kann ich erwarten, daß er ihr eine Liebeserklärung macht. Das weiß niemand besser, als ich, sein Vertrauter, der ihn mit allem Fleiß in dieser Exaltation hält, damit er um so besser auf Kordelia wirken kann. Aber darf ich es erlauben, daß er ihr seine Liebe erklärt? Das wäre doch etwas zu gewagt. Wohl weiß ich, daß ihre Antwort ein Nein sein wird, aber damit ist die Geschichte nicht zu Ende. Es wird ihm das gewiß sehr nahe gehn, und sein Schmerz wird Kordelia vielleicht bewegen und rühren. Durch dieses reine Mitleiden aber wird der Stolz ihrer Seele möglicherweise leiden, und geschieht das, so ist die ganze Geschichte mit Eduard verfehlt.

Mein Verhältnis zu Kordelia fängt an, dramatisch zu werden. Etwas muß geschehen, was es auch sein mag. Nur beobachtend kann ich mich nicht länger verhalten, ohne den Augenblick vorübergehn zu lassen. Sie muß überrascht werden, das ist notwendig, dann aber muß ich auf meinem Posten sein. Denn wenn man überraschen kann, hat man gewonnenes Spiel. Man suspendiert einen Augenblick die Energie der betreffenden Donna und macht ihr das Handeln unmöglich. Ich erinnere mich noch mit einer gewissen Selbstbefriedigung eines dummdreisten Versuches auf eine Dame aus vornehmer Familie. Vergebens war ich ihr schon längere Zeit heimlich gefolgt, um eine interessante Berührung mit ihr zu finden, da treffe ich sie eines Mittags auf der Straße. Sie war allein, ich ging an ihr vorüber und sah sie in diesem Augenblick wehmütig an, ich glaube fast, daß ich eine Träne im Auge hatte. Ich nahm meinen Hut ab. Sie blieb stehn. Mit bewegter Stimme und einem träumerischen Blick sagte ich: Zürnen Sie mir nicht, gnädiges Fräulein, eine Ähnlichkeit zwischen Ihren Zügen und einem Wesen, das ich von ganzer Seele liebe, aber das fern von mir lebt, ist so auffallend, daß Sie mein sonderbares Benehmen verzeihen werden. – Sie glaubte, ich sei ein Schwärmer, und ein junges Mädchen hat etwas Schwärmerei sehr gern, besonders wenn sie zugleich ihre Überlegenheit fühlt und über einen lächeln kann. Richtig, sie lächelte, es stand ihr unbeschreiblich schön. Mit einer vornehmen Herablassung grüßte sie mich und lächelte. Sie ging weiter und ich hielt mich etwa zwei Schritte von ihr entfernt. Einige Tage später traf ich sie wieder und nahm mir die Freiheit, sie zu grüßen. Sie sah mich freundlich lächelnd an ... Geduld ist doch eine kostbare Tugend, und wer zuletzt lacht, lacht am besten.

Aber in welcher Weise soll ich Kordelia überraschen? Ich könnte einen erotischen Sturm erregen, der die Bäume mit den Wurzeln ausreißt. Das wäre jedoch ästhetisch unrichtig und würde bei ihr auch ganz und gar die Richtung verfehlen. Kordelia darf nicht in Exaltation genossen werden.

Eine richtige Verlobung würde doch wohl das Zweckmäßigste sein. Vielleicht wird sie noch weniger ihren Ohren trauen, wenn sie eine prosaische Liebeserklärung von mir hört und ich um ihre Hand anhalte, noch weniger als wenn sie meiner glühenden Beredsamkeit lauschte und im Gedanken an eine Entführung ihr Herz klopfen hörte.

Das Verfluchte einer Verlobung bleibt immer das Ethische in derselben. Das Ethische ist in der Wissenschaft wie im Leben gleich langweilig. Welcher Kontrast: unter dem Himmel der Ästhetik ist alles leicht, schön, flüchtig; aber wenn die Ethik einherschreitet, wird alles rauh, häßlich, unendlich langweilig. Eine Verlobung hat jedoch im strengeren Sinne keine ethische Realität, wie die Ehe. Sie hat ihr bindendes Gesetz nur *ex consensu gentium*. Das kann mir sehr wichtig sein. Das Ethische in derselben reicht gerade hin, um auf Kordelia seiner Zeit den Eindruck zu machen, daß sie über die Grenze des Gewöhnlichen hinausgegangen ist; aber zugleich ist es nicht so ernst, daß ich eine bedenklichere Erschütterung fürchten müßte. Ich habe immer einen gewissen Respekt vor dem Ethischen gehabt. Niemals habe ich einem Mädchen die Ehe versprochen, selbst nicht im Scherz. Und könnte es scheinen, als täte ich es hier, so ist das ja nur eine fingierte Bewegung; ich werde es schon so machen, daß sie selber die Verpflichtung aufhebt.

Wie verächtlich, wenn ein Richter einen Verbrecher dadurch zum Bekenntnis bringen will, daß er ihm die Freiheit verspricht. Ein solcher Richter renonciert auf seine Kraft und auf sein Talent. In meiner Praxis kommt nun auch noch der Umstand dazu, daß ich nichts wünsche, was nicht im strengsten Sinne ein freies Geschenk ist.

Ich bin ein Ästhetiker, ein Erotiker, der das Wesen und die Pointe der Liebe erfaßt hat, der an die Liebe glaubt und sie von Grund auf kennt, und behalte mir nur die private Ansicht vor, daß jede Liebesgeschichte höchstens ein halbes Jahr währen darf, und daß jedes Verhältnis *eo ipso* aufhört, sobald man das Letzte genossen hat. Das alles weiß ich, und ich weiß zugleich, daß der höchste Genuß, der sich denken läßt, der ist: geliebt zu werden, über alles in der Welt geliebt zu werden. Sich in ein Mädchen hineindichten ist eine Kunst, sich aus demselben herausdichten ein Meisterstück; doch hängt letzteres wesentlich vom ersteren ab.

Noch eins wäre möglich. Eduard müßte sich mit ihr verloben und ich würde der Freund des Hauses! Eduard würde mir unbedingt vertrauen. Sein Glück war ja mein Werk. Aber sie kann sich nicht mit Eduard verloben, ohne selber von ihrer Höhe herabzusinken, und außerdem würde mein Verhältnis zu ihr mehr pikant als interessant werden. Die unendliche Prosa einer Verlobung ist gerade der Resonanzboden des Interesses.

23. Juli.

Der entscheidende Augenblick nähert sich. Ich könnte mich an die Tante wenden und schriftlich um Kordelias Hand anhalten. So wird's ja gewöhnlich gemacht, als ob es dem Herzen natürlicher wäre, zu schreiben als zu sprechen. Aber dann würde es mir ja unmöglich sein, sie zu überraschen. – Hätte ich einen Freund, er würde mir vielleicht sagen: Hast du ihn auch recht überlegt, den ernsten Schritt, den du tun willst, den Schritt, der für dein ganzes Leben und für das Glück eines andern Wesens entscheidend ist? Ja, den Vorteil hätte man, wenn man einen Freund hätte. Ich habe keinen Freund. Ob es ein Vorteil ist, will ich unentschieden lassen; daß ich aber nicht mit seinem Rat gequält werde, ist ein absoluter Vorteil. Übrigens habe ich die ganze Sache im strengsten Sinne des Wortes sehr durchdacht.

Also mich hindert nichts an einer Verlobung. Ich gehe auf Freiersfüßen, und bald wird meine unbedeutende Person aufhören, eine Prosa zu sein und eine Partie werden, ja, eine gute Partie, wird die Tante sagen. Wen ich bei der ganzen Geschichte am meisten bedaure, ist die Tante; denn sie liebt mich mit einer reinen und aufrichtigen ökonomischen Liebe, sie betet mich fast als ihr Ideal an.

31. Juli.

Heute habe ich für einen andern einen Liebesbrief geschrieben. Das ist mir immer eine große Freude. Zum ersten ist es recht interessant, sich so lebendig in die Situation hineinzuversetzen, ohne seine Gemütlichkeit opfern zu müssen. Ich stopfe meine Pfeife, höre den Bericht an, lasse mir die Briefe geben, die sie schon geschrieben hat. Er sitzt dann verliebt wie eine Ratte da, liest mir ihre Briefe vor, während ich ihn mit meinen lakonischen Bemerkungen unterbreche und etwa sage: sie weiß für sich zu schreiben, sie hat Gefühl, Geschmack, ist vorsichtig, hat gewiß schon früher geliebt u.s.w. Zum andern ist's ein gutes Werk, das ich tue. Ich bringe zwei junge Menschen zusammen; dann quittiere ich. So oft ich ein Paar glücklich gemacht habe, ersehe ich mir ein Opfer; ich mache zwei glücklich und höchstens *eine* unglücklich. Ich bin ehrlich und zuverlässig, habe noch nie jemanden betrogen, der sich mir anvertraute. Etwas fällt freilich immer für mich ab; na, das sind gesetzliche Sporteln. Und weshalb genieße ich dieses Vertrauen? Weil ich Lateinisch kann und fleißig studiere, und weil ich meine kleinen Geschichten für mich behalte. Und verdiene ich dieses Vertrauen nicht? Ich mißbrauche es ja niemals.

2. August.

Der Augenblick war gekommen. Kordelia war allein zu Hause, sie saß an ihrem Nähtisch. Da ich die Familie sehr selten vormittags besuchte, wurde sie etwas affiziert, als sie mich sah. Sie machte einen ungewöhnlichen Eindruck auf mich. Wie reizend war sie in dem einfachen, blaugestreiften Schirtingkleide, mit einer frischgepflückten Rose auf der Brust – mit einer frischgepflückten Rose? Nein, sie selber war eine frischgepflückte Blume, so frisch, als wäre sie eben erst angekommen. Und wer weiß es denn auch, wo ein junges Mädchen die Nacht zubringt; ich denke im Lande der Illusionen, aber jeden Morgen kehrt sie zurück, und daher ihre jungfräuliche Frische. Sie sah so jugendlich und doch so gereift aus, als wenn die Natur, wie eine zärtliche und reiche Mutter, sie erst in diesem Augenblick aus ihrer Hand entlassen hatte. Mir war's, als hätte ich diese Abschiedsszene belauscht, ich sah, wie jene liebreiche Mutter sie noch einmal zum Abschied umarmte, ich hörte, wie sie ihr sagte: »Geh nun hinaus in die Welt, mein Kind, ich habe alles für dich getan, nimm diesen Kuß als ein Siegel auf deine Lippen, es ist ein Siegel, welches das Heiligtum bewahrt, niemand kann es brechen, wenn du es nicht selber willst; aber wenn der Rechte kommt, dann wirst du ihn verstehen.« Und sie drückte einen Kuß auf ihre Lippen, einen Kuß, der nicht wie ein menschlicher Kuß etwas nimmt, sondern wie ein göttlicher Kuß alles gibt, der dem Mädchen des Kusses Macht gibt. Wunderbare Natur, wie tiefsinnig und rätselhaft bist du, du gibst dem Manne das Wort und dem Mädchen die Beredsamkeit des Kusses! Diesen Kuß hatte sie auf den Lippen, und den Abschied auf ihrer Stirn, und den fröhlichen Gruß in ihrem Auge, deshalb sah sie so häuslich aus, denn sie war ja die Tochter des Hauses, und doch zugleich auch so fremd, denn sie kannte die Welt nicht, sondern nur die treue Mutter, die unsichtbar über ihr wachte. Sie war wirklich reizend, jung wie ein Kind, und doch mit jener edlen, jungfräulichen Würde geschmückt, in welcher man ehrfurchtsvoll zu ihr emporblicken mußte. – Doch bald war ich wieder leidenschaftslos, und feierlich dumm, wie es bei einer solchen Gelegenheit angemessen ist.

Nach einigen allgemeinen Bemerkungen rückte ich ihr etwas näher und kam dann mit meinem Antrag heraus. Ein Mensch, der wie ein Buch spricht, ist äußerst langweilig, wenn man ihn anhören muß, doch ist's zuweilen recht zweckmäßig, so zu sprechen. Ein Buch hat nämlich die seltsame Eigenschaft, daß man es erklären kann, wie man will. Dasselbe gilt von uns, wenn wir wie ein Buch sprechen. Ich hielt mich ganz nüchtern an die gewöhnlichen Formulare. Sie ward überrascht, wie ich es erwartet hatte, das ist unleugbar. Wie sie aussah? Wahrhaftig, ich weiß es selber nicht, vielleicht wie der noch nicht erschienene, aber verheißene Kommentar meines Buches, ein Kommentar, der die Möglichkeit jeder Interpretation in sich schließt. Ein Wort, und sie hätte mich ausgelacht, ein Wort, und sie wäre bewegt gewesen, ein Wort, und sie wäre vor mir geflohen; aber es kam kein Wort über meine Lippen, ich blieb feierlich und hielt mich genau an das Ritual. – »Sie kennen mich erst so kurz« – großer Gott, solchen Schwierigkeiten begegnet man nur auf dem schmalen Wege der Verlobung, nicht auf dem Rosenpfade der Liebe.

Seltsam! Wenn ich in den letzten Tagen die Sache überlegte, zweifelte ich nicht daran, sie werde im Augenblick der Überraschung ja sagen. Da sieht man, wieviel alle Vorbereitungen helfen. Sie sagte weder ja noch nein, sondern wies mich an die Tante. Das hätte ich voraussehen müssen. Wirklich, das Glück verfolgt mich, denn dieses Resultat war noch besser, als ich gedacht hatte.

Die Tante gab ihre Zustimmung – daran brauchte ich auch nicht zu zweifeln – Kordelia folgte ihrem Rat. Meine Verlobung war also nicht gerade sehr poetisch, – dessen darf ich mich in der Tat nicht rühmen, sie war über alle Maßen philiströs und spießbürgerlich. Das Mädchen weiß nicht, ob sie ja oder nein sagen soll; die Tante sagt ja, das Mädchen auch, ich nehme das Mädchen, sie nimmt mich – und nun fängt die Geschichte an,

So bin ich denn verlobt, Kordelia ist's auch. Wenn sie eine Freundin hätte, mit der sie aufrichtig sprechen wollte, so würde sie wohl sagen: »Was das alles bedeutet, verstehe ich wirklich nicht. Es ist etwas in ihm, das mich zu ihm hin zieht, was das aber ist, weiß ich selber nicht, er übt eine wunderbare Gewalt über mich aus. Du fragst mich, ob ich ihn auch liebe? Nein, das tue ich nicht, und werde es vielleicht niemals tun; dagegen werde ich recht gut mit ihm zusammenleben und daher auch glücklich mit ihm werden können; denn er fordert gewiß nicht so viel, wenn man nur bei ihm aushält.« Meine liebe Kordelia, vielleicht fordert er mehr, als du denkst, nur das nicht, daß du bei ihm aushältst! – –

Von allem Lächerlichen ist eine Verlobung in der Tat das Allerlächerlichste. In der Ehe liegt doch noch ein Sinn, wenn dieselbe auch etwas sehr Unbequemes hat. Aber eine Verlobung ist eine rein menschliche Erfindung und macht ihrem Erfinder keine Ehre.

Eduard ist außer sich vor Erbitterung. Er läßt sich den Bart wachsen, hat seinen schwarzen Anzug weggelegt, was viel sagen will. Er will mit Kordelia sprechen und ihr meinen schändlichen Betrug schildern. Das wird eine erschütternde Szene werden: Eduard unbarbiert, nachlässig gekleidet, laut mit Kordelia sprechend! Wenn er mich nur nicht mit seinem langen Bart aussticht. Vergebens suche ich ihn zur Raison zu bringen, ich sage ihm, die Tante habe die Partie arrangiert, vielleicht nähre Kordelia noch Gefühle für ihn, und wenn er sie gewinnen könne, würde ich gern zurücktreten u.s.w. Einen Augenblick überlegt er's, ob er seinen Bart nicht wieder in andrer Weise scheren lassen, sich einen neuen schwarzen Rock kaufen solle; aber im nächsten Augenblick fährt er wieder schimpfend auf mich los. Ich tue alles, um mit ihm in Frieden zu bleiben. Wie sehr er mir auch zürnt, er tut doch keinen Schritt, ohne ihn mit mir überlegt zu haben; er vergißt es nicht, daß ich sein treuer Mentor gewesen bin. Und warum sollte ich ihm die letzte Hoffnung rauben, warum mit ihm brechen? Er ist ein guter Mensch, und wer weiß, was noch einmal geschehen kann.

Meine Aufgabe wird nun eine doppelte sein: ich muß einerseits alles vorbereiten, um die Verlobung wieder aufzuheben und mir dadurch ein schöneres und bedeutungsvolleres Verhältnis zu Kordelia zu sichern; anderseits werde ich die Zeit so gut wie möglich zu benutzen suchen, um mich an all der reizenden Liebenswürdigkeit, mit welcher die Natur sie so verschwenderisch ausgesteuert hat, zu erfreuen, jedoch stets mit der Beschränkung und Zirkumspektion, die mir verbietet, etwas vorwegzunehmen. Wenn sie dann in meiner Schule gelernt hat, was es heißt: lieben, mich lieben, dann wird die Verlobung als eine unvollkommene Form der Liebe gelöst, und sie gehört mir.

Noch ist alles im *status quo*; aber kaum kann ich mir einen glücklicheren Bräutigam denken als mich selber. Ich bin wie berauscht in dem Gedanken, daß sie in meiner Macht ist. Eine reine, unschuldige Weiblichkeit, durchsichtig wie das Meer und doch auch tiefsinnig wie dasselbe, ohne eine Ahnung von der Liebe! Nun soll sie es lernen, was für eine Macht dieselbe ist. Wie eine Königstochter, die aus niedrer Hütte auf den Thron ihrer Väter gehoben wird, soll sie nun in das Königreich hineingeführt werden, in welchem sie ihre wahre Heimat hat. Und das soll durch mich geschehen; dadurch, daß sie lernt, was lieben heißt, lernt sie mich lieben, und wenn ihr ein Licht aufgeht, daß sie es von mir gelernt hat, dann liebt sie mich doppelt. Der Gedanke an meine Freude überwältigt mich dermaßen, daß ich fast die Besinnung verliere.

Ich bin nun in rechtmäßigem Besitze Kordelias, habe der Tante Segen und die Gratulation der Freunde und Verwandten. Die Mühseligkeiten des Krieges haben ihr Ende erreicht, des Friedens Segnungen nehmen ihren Anfang. Welche Torheiten! Als ob der Tante Segen und die Gratulation der Freunde mich wirklich in Kordelias Besitz setzen könnten! Ja, in ihrem Besitz bin ich, das ist wahr, das heißt in juridischem und spießbürgerlichem Sinn des Wortes; aber daraus folgt für mich absolut nichts, ich habe viel reinere Vorstellungen. Verlobt ist sie mit mir, das ist wahr; aber wollte ich daraus schließen, daß sie mich liebte, so wäre das eine Täuschung, denn sie liebt mich überhaupt nicht. Ich besitze sie nach dem Gesetze, und doch besitze ich sie nicht, wie ich anderseits ebensogut ein Mädchen besitzen kann, ohne sie nach dem Gesetz zu besitzen.

Auf heimlich errötender Wange
Leuchtet des Herzens Glühn

Sie sitzt am Teetisch auf dem Sofa, ich auf einem Stuhle neben ihr. Die Liebe hat viele Positionen, dies ist die erste. Wie hat die Natur dieses Mädchen doch wahrhaft königlich ausgerüstet; ihre reinen weichen Formen, ihre tiefe jungfräuliche Unschuld, ihr klares Auge – alles berauscht mich. – Ich hatte sie begrüßt. Sie kam mir froh wie immer entgegen, nur etwas verlegen, etwas unsicher. Die Verlobung muß unser Verhältnis doch geändert haben, in welcher Weise, ist ihr selber unbewußt. Sie ergriff meine Hand, aber nicht mit einem Lächeln wie sonst wohl. Ich erwiderte diesen Gruß mit einem leichten, fast unmerklichen Druck der Hand; ich war mild und freundlich, doch ohne erotisch zu sein. – Sie sitzt am Teetisch auf dem Sofa, ich auf einem Stuhle neben ihr. Es ist alles so still und feierlich, wie wenn die Erde im Morgenrot erglüht. Kein Wort kommt über ihre Lippen, ihr Herz ist zu bewegt. Mein Auge ruht auf ihr, aber nicht in sündlicher Lust, in Wahrheit, das wäre zu gemein! Wie eine Wolke über das Feld, so fährt über ihr Gesicht eine feine Röte. Was bedeutet dieselbe? Ist es Liebe, Sehnsucht, Hoffnung, Furcht? Denn Rot ist die Farbe des Herzens. Nein. Sie wundert sich, sie verwundert sich – nicht über mich, nicht über sich selbst, aber in sich selber, denn in sich selber wird sie verwandelt. Dieser Augenblick fordert Stille, daher soll keine Reflexion ihn stören, kein Sturm der Leidenschaft ihn unterbrechen. Es ist, als wäre ich nicht gegenwärtig, und doch ist gerade meine Gegenwart die Bedingung dieser ihrer kontemplativen Verwunderung. Mein Wesen ist mit dem ihrigen in Harmonie. In einer solchen Stunde wird ein junges Mädchen, wie einzelne Gottheiten, schweigend angebetet.

Ein Glück, daß ich meines Onkels Haus habe. Denn wenn ich einem jungen Mädchen die Freude an ihrer Verlobung zerstören will, brauche ich sie nur hier zu introduzieren. Das Haus ist ein wahrer Versammlungsort für lauter Verlobte. Eine schreckliche Kompanie, in die man da gerät, und ich kann's Kordelia nicht verdenken, daß sie ungeduldig wird. Wenn wir *en masse* versammelt sind, glaube ich, sind's zehn Paare, außer den annektierten Bataillonen, die zu den großen Festen in die Residenz kommen. Wir Verlobten können da recht die Freuden der Verlobung genießen. Den ganzen Abend hört man nur einen Ton, wie wenn einer mit einer Fliegenklatsche umhergeht – es sind der Liebenden Küsse! Man ist in diesem Hause im Besitz einer liebenswürdigen Ungeniertheit; man sucht auch nicht verborgene Plätze auf, nein! man sitzt um einen großen runden Tisch. Auch ich mache eine Miene, als wollte ich Kordelia so behandeln. Ich muß mich zu dem Ende sehr beherrschen. Es wäre wirklich empörend, wollte ich ihre reine Jungfräulichkeit so verletzen. Ich würde mir dann größere Vorwürfe machen, als wenn ich sie betröge. Überhaupt kann ich jedem Mädchen, die sich mir anvertraut, eine vollkommen ästhetische Behandlung zusichern: nur schließt die Geschichte immer damit, daß sie betrogen wird; aber das steht auch in meiner Ästhetik geschrieben, denn entweder betrügt das Mädchen den Mann, oder der Mann das Mädchen.

Die Zeit, die Kordelia mir kostet, verdrießt mich nicht, obgleich jedes Zusammentreffen oft lange Vorbereitungen erfordert.

Wovon sprechen Verlobte gewöhnlich? Soviel ich weiß, suchen sie sich eifrig mit ihren respektablen Familien bekannt zu machen. Was Wunder, daß das Erotische da verschwindet. Versteht man es nicht, die Liebe zum Absoluten zu machen, vor welchem alles andre verschwindet, so sollte man niemals lieben, wenn man sich auch zehnmal verheiratete. Ob ich eine Tante Marianne, einen Onkel Christoph habe, oder einen Vater, der Major ist u.s.w. u.s.w., was geht das alles die Mysterien der Liebe an? Ja selbst das eigne vergangene Leben ist nichts. Was hat ein junges Mädchen denn im allgemeinen zu erzählen? Und wenn sie es hat, ja dann ist's vielleicht der Mühe wert, sie anzuhören, aber in der Regel nicht, sie zu lieben. Ich suche wenigstens keine Geschichten, deren habe ich in der Tat genug; ich suche die Unmittelbarkeit. Es ist das Ewige in der Liebe, daß die Individuen erst in diesem Augenblick gewissermaßen für einander geschaffen werden.

Etwas Vertrauen muß in ihr geweckt, oder richtiger ein Zweifel entfernt werden. Ich gehöre nicht gerade zu der Zahl der Liebenden, die aus Achtung einander lieben, aus Achtung einander heiraten, aus Achtung miteinander Kinder zeugen; aber doch weiß ich sehr wohl, daß die Liebe, besonders solange die Leidenschaft noch nicht in Bewegung gesetzt ist, unbedingt fordert, daß das Ästhetische und Moralische nicht miteinander in Konflikt geraten. Da hat die Liebe ihre eigne Dialektik. Während daher mein Verhältnis zu Eduard viel weniger vor der Moral besteht, wie mein Betragen gegen die Tante, so wird es mir doch viel leichter, das erstere vor Kordelia zu rechtfertigen als das letztere. Auch habe ich, obgleich sie keine Bemerkung gemacht hat, es für richtiger gehalten, ihr zu sagen, daß ich nicht anders habe handeln können. Die Vorsicht, die ich angewandt, schmeichelt ihrem Stolz, die geheimnisvolle Weise, mit der ich alles geordnet habe, fesselt ihre Aufmerksamkeit. Wohl könnte es scheinen, daß ich hier schon zu viele erotische Bildung verriet und mit mir selber in Widerspruch komme, wenn ich später gezwungen sein werde, eine Bemerkung fallen zu lassen, daß ich nie vorher geliebt habe. Doch das tut nichts. Ich fürchte mich davor nicht, wenn sie es nur nicht merkt, und ich erreiche, was ich will. Laß die Gelehrten eine Ehre darein setzen, daß sie sich nie und nirgends widersprechen; eines jungen Mädchens Leben ist zu reich, als daß es ohne alte Widersprüche sein könnte und daher auch den Widerspruch herausfordert.

Sie ist stolz und hat eigentlich keine rechte Vorstellung von dem Erotischen. Während sie sich nun in gewissem Maße vor meinem Geiste beugt, ist es doch nicht undenkbar, daß sie, sobald das Erotische seine Rechte geltend machen will, ihren Stolz gegen mich kehrt. Im Grunde hat sie von der eigentlichen Bedeutung des Weibes keine Ahnung. Deshalb war es auch nicht so schwer, sie gegen Eduard aufzureizen. Dieser Stolz war jedoch ganz exzentrisch, weil sie nicht weiß, was Liebe ist. Kommt sie zu *der* Erkenntnis, dann wird sie im besten Sinn des Wortes stolz werden. Aber ein Rest jenes Exzentrischen könnte leicht wieder wie die Lava aus einem Vulkan hervorbrechen und sich über mich ergießen.

Ganz richtig. Schon unten in der Straße sehe ich diesen reizenden, kleinen Lockenkopf, der sich so weit wie möglich aus dem Fenster streckte. Es ist bereits der dritte Tag, daß ich es bemerke … Ein junges Mädchen steht gewiß nicht um nichts und wieder nichts am Fenster, sie hat vermutlich ihre guten Gründe … Aber ich bitte Sie um des Himmels willen, lehnen Sie sich doch nicht so weit aus dem Fenster; zehn gegen eins, Sie stehen auf einem Stuhl; ich kann's Ihnen ansehen. Denken Sie doch, wie schrecklich, wenn Sie nicht mir – ich halte mich ganz draußen vor – sondern ihm, ihm auf den Kopf fallen … Nein, was sehe ich? Da kommt ja mein Freund Liz. Hansen. Er kommt auf den Flügeln der Sehnsucht … Mein schönes Fräulein, Sie verschwanden! Ach, Sie wollten ihm gewiß die Tür öffnen … Kommen Sie nur wieder, er will nicht hinein … Wie, Sie wissen es besser? Da kann ich Ihnen doch die Versicherung geben … er sagte es selber. Wenn der Wagen, der vorüberfuhr, nicht so schrecklichen Lärm gemacht hätte, würden Sie es selbst gehört haben. Ich sagte ihm, so ganz *en passant*: Willst du hier hinein? Er antwortete klar und deutlich: Nein … Nun können Sie gern Ade sagen; denn der Herr Lizentiat und ich gehen miteinander spazieren. Er ist verlegen, und verlegene Menschen plaudern gern. Ich will mit ihm wegen des Pfarramtes sprechen, um das er sich beworben hat … Ade, mein schönes Fräulein. Nun wollen wir erst unsre Promenade machen. – – – Sieh, da sind wir wieder … Wie treu! Sie steht noch immer am Fenster. Solch Mädchen muß einen Mann glücklich machen können … Aber warum mache ich doch alle diese Geschichten? Weil ich ein niedriger, gemeiner Mensch bin, der seine Freude daran hat, andre zu schikanieren? Keineswegs. Ich tue es aus Fürsorge für Sie, mein liebenswürdiges Fräulein. Zum ersten. Sie haben auf den Lizentiaten gewartet, sich nach ihm gesehnt, ach, und nun ist er doppelt schön, wenn er kommt. Zum andern. Wenn der Lizentiat nun in die Tür tritt, so sagt er: »Da wären wir, bei Gott, fast verraten worden; stand der verdammte Mensch nicht in der Tür, als ich dich besuchen wollte? Aber ich war klug, denn ich fing eine Unterhaltung mit ihm an und sprach lang und breit über das Amt, um das ich mich beworben habe. Der hat nichts gemerkt.« Und nun? Nun lieben Sie den Lizentiaten noch mehr denn zuvor. Sie haben schon immer gewußt, daß er ein großer Gelehrter war, aber daß er klug war ... ja, jetzt sehen Sie es selber ein. Und das verdanken Sie mir ... Aber es fällt mir etwas ein. Ihre Verlobung kann noch nicht deklariert sein, sonst müßte ich es wissen. Das Mädchen ist schön und lieblich anzusehen; aber sie ist noch jung. Wär's nicht denkbar, daß sie einen so ernsten Schritt täte, ohne ihn recht überlegt zu haben? Das muß verhindert werden; ich muß mit ihr sprechen. Das schulde ich ihr, denn sie ist gewiß ein sehr liebenswürdiges Mädchen. Das schulde ich dem Lizentiaten, denn er ist mein Freund. Das schulde ich der Familie, die gewiß sehr achtungswert ist, ja, ich schulde es der ganzen Menschheit; denn ich tue damit ein gutes Werk. Der ganzen Menschheit! Großer, erhebender Gedanke, im Namen der ganzen Menschheit zu handeln, im Besitz einer solchen Generalvollmacht zu sein. – Doch zurück zu Kordelia. Ich kann immer Stimmung gebrauchen, und des Mädchens schöne Sehnsucht hat mich wirklich bewegt.

Nun beginnt also der erste Krieg mit Kordelia, in welchem ich fliehe und sie dadurch siegen lehre, daß sie mich verfolgt. Ich ziehe mich stets zurück, und so lernt sie an mir alle Mächte der Liebe kennen, ihre unruhigen Gedanken, ihre Leidenschaft, und sieht, was Sehnsucht ist und Hoffnung und ungeduldiges Warten. Das ist ein wahrer Triumphzug – und ich selber bin der, der ihre Siege in dithyrambischen Liedern preist und ihr zugleich den Weg zeigt, den sie gehen soll. Sie wird an die ewige Macht der Liebe glauben, wenn sie es sieht, wie ich mich unter ihrem Zepter beuge. Sie wird mir glauben, teils weil ich meiner Kunst vertraue, teils weil dem, was ich tue, eine Wahrheit zu Grunde liegt. Und so erwacht in ihrer Seele die Liebe, und sie empfängt als Weib ihre Weihe.

297

– Ich habe bisher nicht im spießbürgerlichen Sinne des Wortes um sie gefreit; das tue ich nun, ich mache sie frei, nur so will ich sie lieben. Daß sie mir das dankt, darf sie nicht ahnen; dann würde sie das Vertrauen zu sich selber verlieren. Und fühlt sie sich frei, so frei, daß sie fast mit mir brechen möchte, dann fängt der zweite Krieg an. Nun ist sie stark und voller Leidenschaft, und der Krieg hat für mich keine Bedeutung, wie auch die augenblicklichen Folgen sein werden. Und wenn sie in ihrem Stolz mit mir bräche? Nun wohl! Sie hat ihre Freiheit; aber mein soll sie doch werden. In ihrer Freiheit will ich sie besitzen. Mag sie mich verlassen, der zweite Krieg beginnt doch, und in diesem zweiten Krieg trage ich so gewiß den Sieg davon, wie ihr Sieg im ersten Krieg eine Täuschung war. Je größer ihre Kraft ist, um so interessanter für mich. Der erste Krieg ist der Befreiungskrieg, und der ist ein Spiel; der zweite ein Eroberungskrieg, und da geht's auf Tod und Leben.

Liebe ich Kordelia? Ja! Aufrichtig? Ja! Treu? Ja! In ästhetischem Sinn, und das hat doch wohl auch seinen Wert. Streng wache ich über mir selber, daß alles, was in ihr verborgen ist, ihre ganze göttliche reiche Natur sich entfalten könne. Ich bin der wenigen einer, die das können, sie ist unter Tausenden die einzige, die sich dazu eignet. Passen wir denn nicht zu einander?

Ist es eine Sünde von mir, daß ich nicht den Pastor ansehe, sondern das schön gestickte Taschentuch, daß Sie in der Hand halten? … Ich sehe den gestickten Namen … Charlotte Hahn heißen sie, wie verführerisch, so ganz zufällig den Namen einer Dame zu erfahren. War es ein Geist, der mich so geheimnisvoll mit Ihnen bekannt machte? Oder ist es nicht ein Zufall, daß das Taschentuch gerade so gehalten ist, daß ich den Namen sehen kann? … Sie sind bewegt, Sie trocknen eine Träne in Ihrem Auge … Wieder halten Sie das Taschentuch nachlässig in Ihrer Hand … Es fällt Ihnen auf, daß ich Sie ansehe und nicht den Pastor. Sie sehen Ihr Taschentuch an, denn Sie haben bemerkt, daß es Ihren Namen verraten hat … Das ist doch eine sehr unschuldige Geschichte, man erfährt ja leicht den Namen eines Mädchens … Warum zerknittern Sie das Taschentuch so? Warum zürnen Sie ihm? Warum zürnen Sie mir? Hören Sie doch, was der Pastor sagt: »Keiner führe einen Menschen in Versuchung; auch der, der es tut, ohne es selber zu wissen, ist dafür verantwortlich.« … Nun sagt er Amen, und draußen vor der Tür der Kirche dürfen Sie das Taschentuch im Winde flattern lassen … oder fürchten

Sie sich vor mir? Was habe ich denn getan? … War's mehr, als Sie vergeben können, mehr als woran Sie sich zu erinnern wagen, – um zu vergeben?

Eine doppelte Bewegung ist im Verhältnis zu Kordelia notwendig. Will ich immer nur vor ihrer Übermacht weichen, dann würde das Erotische in ihr möglicherweise zu dissolut werden, als daß die tiefere Weiblichkeit sich hypostasieren könnte. Auch würde sie dann in dem zweiten Kriege keinen Widerstand leisten können. Wohl geht sie träumend ihrem Sieg entgegen, und so muß es auch sein, aber anderseits muß sie immer wieder geweckt werden. Sieht es einen Augenblick aus, als würde der Siegerkranz ihr wieder entrissen, dann muß sie es lernen, mit neuer Macht ins Feld zu rücken. So reift ihre Weiblichkeit heran. Was nun tun? Ich könnte sie durch meine Unterhaltung entflammen und durch meine Briefe wieder abkühlen, oder umgekehrt. Letzteres ist jedenfalls vorzuziehen. Ich genieße dann ihre herrlichsten Augenblicke. Wenn sie eine Epistel erhalten hat, wenn das süße Gift derselben ins Blut übergegangen ist, dann ist ein Wort genug, um die Liebesglut anzufachen. Im nächsten Augenblick ruft meine Ironie wieder Zweifel in ihr hervor, aber doch muß sie sich immer noch als Siegerin fühlen. Die Ironie paßt nun sehr schlecht für einen Brief, dieselbe wird außerdem auch leicht mißverstanden. Anderseits ist's nicht zu empfehlen, in der Unterhaltung in schwärmerischer Ekstase zu sein. Bin ich nur in einem Briefe gegenwärtig, dann kann sie mich leicht tragen, und sie verwechselt mich bis zu einem gewissen Grade mit einem universelleren Wesen, das in ihrer Liebe wohnt. In einem Briefe kann ich mich aber herrlich vor ihre Füße werfen u.s.w. Wollte ich das persönlich tun, dann würde die Illusion verloren gehen. Der Widerspruch dieser Bewegungen wird ihre Liebe hervorrufen und entwickeln, stärken und konsolidieren, mit *einem* Worte: sie versuchen. –

Anfangs dürfen diese Episteln jedoch kein zu starkes erotisches Kolorit annehmen, sondern müssen einen universelleren Stempel tragen, einzelne Winke enthalten, einzelne Zweifel heben. Gelegentlich deute ich an, daß eine Verlobung ihre großen Vorteile hat, anderseits darf es aber auch nicht an Andeutungen fehlen, daß dieselbe etwas sehr Unvollkommenes ist. Hier wird mir meines Onkels Haus manche Karikaturen bieten. Wenn ich sie mit diesen letztern quäle, wird sie es bald bedauern, daß sie verlobt ist, und darf mir doch keine Vorwürfe machen, daß ich diese Gefühle in ihr erweckt habe.

Eine kleine Epistel wird ihr heute einen Wink geben, wie es in ihrem Innern aussieht, indem ich ihr die Gefühle meines Herzens schildere. Das ist die rechte Methode; und Methode habe ich. Das danke ich euch, ihr lieben Mädchen, die ich früher geliebt habe. Euch gebührt die Ehre. Ein junges Mädchen ist eine geborne Lehrerin, und kann man nichts andres von ihr lernen, so doch das, wie sie betrogen werden kann – denn das lernt man am besten von dem Mädchen selbst. Wie alt ich auch werde, ich werde es nie vergessen, daß es erst dann mit einem Menschen aus ist, wenn er zu alt geworden ist, um noch etwas von einem jungen Mädchen lernen zu können.

Meine Kordelia!

Ich bin ein ganz andrer Mensch, als Du Dir gedacht? Aber ich hätte mir auch nicht träumen lassen, daß ich so werden könnte. Liegt die Veränderung nun in Dir? Denn möglicherweise bin ich ja nicht verändert, sondern Dein Auge, mit dem Du mich ansiehst. Oder liegt sie in mir? Sie liegt in mir, denn ich liebe Dich; sie liegt in Dir, denn Du bist's, die ich liebe. Mit dem kalten, ruhigen Licht des Verstandes betrachtete ich alles, stolz und unbewegt, nichts konnte mir einen Schrecken einjagen; selbst wenn ein Geist an meine Tür geklopft hätte, so würde ich sie ihm ruhig geöffnet haben. Aber nicht vor Geistern der Nacht, nicht vor bleichen, kraftlosen Gestalten habe ich die Tür geöffnet, sondern vor Dir, meine Kordelia; denn in Dir trat mir Leben und Jugend und Gesundheit entgegen. Mein Arm zittert, ich kann das Licht nicht richtig halten, ich fliehe vor Dir und kann doch das Auge nicht von Dir wenden. Ja, ich bin verändert; aber was dies Wort alles in sich schließt, das weiß ich nicht, ich weiß nur, daß ich kein reicheres Prädikat gebrauchen kann, als wenn ich unendlich geheimnisvoll zu mir selber sage: Ich bin verändert.

Dein Johannes.

Meine Kordelia!

Liebe liebt das Geheimnis – eine Verlobung ist eine Offenbarung; sie liebt Schweigen – eine Verlobung ist eine Bekanntmachung; sie liebt leises Flüstern – eine Verlobung ist eine laute Verkündigung; und doch wird gerade eine Verlobung durch meiner Kordelia Kunst ein herrliches

Mittel werden, die Feinde zu betrügen. Nichts gefährlicher in einer dunklen Nacht auf dem Meere, als wenn ein Schiff eine Laterne aushängt; die täuscht mehr als die Finsternis.

Dein Johannes. 301

Sie sitzt auf dem Sofa am Teetisch, ich neben ihr; ihr Kopf ruht gedankenschwer an meiner Schulter. Sie ist mir so nahe und doch noch fern, sie gibt sich mir hin, und gehört mir doch nicht. Ihr Herz klopft, doch ohne Leidenschaft, der Busen bewegt sich, doch nicht in Unruhe, zuweilen wechselt sich die Farbe, doch in leichten Übergängen. Ist es Liebe? Nein. Sie lauscht, sie versteht. Sie lauscht dem geflügelten Wort, sie versteht es; sie lauscht der Rede eines andern, und versteht sie wie ihre eigne; sie lauscht der Stimme eines andern, indem sie in ihrem Herzen widerhallt, und sie versteht diesen Widerhall, als wär's ihre eigne Stimme, die ihr Geheimnis vor ihr und vor einem andern offenbart. – – –

Die Umgebung und der Rahmen eines Bildes haben doch einen großen Einfluß, sie prägen sich tief und fest der Erinnerung ein, oder vielmehr der ganzen Seele, und werden daher nicht vergessen. Wie alt ich auch werden mag, ich werde mir Kordelia niemals anders als in diesem kleinen Zimmer denken können. Wenn ich sie besuchen will, führt die Magd mich gewöhnlich in den Saal; sie selber kommt aus ihrem Zimmer, und wenn ich nun die Saaltür aufschließe, um ins Wohnzimmer zu treten, schließt sie die andre Tür auf, und unsre Augen begegnen sich gleich in der Tür.

Das Wohnzimmer ist nur klein, aber sehr gemütlich, fast ein Kabinett. Sie sitzt neben mir, vor uns steht ein runder Teetisch, auf welchem eine schöne Tischdecke in reichen Falten ausgebreitet liegt. Auf dem Tisch steht eine Lampe; dieselbe hat die Form einer Blume, die voll und kräftig aufschießt und ihre Krone trägt, über welcher wieder ein fein ausgeschnittener Schleier hängt, so leicht, daß er sich unaufhörlich bewegt. Die Form der Lampe erinnert an die Natur des Orients, die Bewegung des Schleiers an die milden Lüfte jener Länder. In einzelnen Augenblicken lasse ich die Lampe die leitende Idee meiner Landschaft sein, ich sitze dann mit ihr auf der Erde unter der Lampenblume. Zu andern Zeiten lasse ich mich durch den Teppich – er ist von einer eignen Art von Weiden, die gleich ihren fremden Ursprung verraten – an ein Schiff, eine Offiziers-Kajütte erinnern – wir segeln dann mitten auf dem großen Ozean. Da wir weit vom Fenster wegsitzen, schauen wir unmittelbar auf den ungeheuren Horizont des Himmels. Auch dies erhöht die Illusion. – Wie paßt doch diese Umgebung für Kordelia und ihre Liebe.

In meines Onkels Hause fühlt Kordelia sich sehr ungemütlich. Sie hat mich schon oft gebeten, es nicht mehr zu betreten; das hilft ihr aber nicht, ich weiß immer Entschuldigungen vorzubringen. Als wir gestern abend von da nach Hause gingen, drückte sie meine Hand mit ungewöhnlicher Leidenschaft, und heute morgen empfing ich einen Brief von ihr, in welchem sie mit mehr Witz, als ich ihr zugetraut hatte, über Verlobungen spottet. Ich habe den Brief geküßt, er ist der liebste, den ich von ihr erhalten habe. Recht so, meine Kordelia! So will ich es.

Meine Kordelia.

Ich sehne mich nach Dir, wenn ich zu Dir eile; ich sehne mich nach Dir, wenn ich Dich verlasse, ja selbst wenn ich neben Dir sitze. Kann man sich denn nach etwas sehnen, was man besitzt? Ja, wenn man daran denkt, daß man es vielleicht im nächsten Augenblick nicht mehr hat. Meine Sehnsucht ist eine ewige Ungeduld. Erst wenn ich durch alle Ewigkeiten gereist wäre und mich versichert hätte, daß Du mir jeden Augenblick angehörtest, erst dann möchte ich wieder zu Dir zurückkehren und alle Ewigkeiten mit Dir durchleben.

Dein Johannes.

Meine Kordelia!

Vor der Tür hält ein kleiner Wagen, der aber für mich größer ist, als die ganze Welt, da er groß genug für zwei ist. Vorgespannt sind zwei Pferde, wilder als Naturkräfte, ungeduldiger als meine Leidenschaften, kühner als Deine Gedanken. Willst Du es, so entführe ich Dich – meine Kordelia! Befiehlst Du es? So bin ich Dir gehorsam. Ich entführe Dich, nicht von diesen Menschen zu andern, sondern aus der Welt – die Pferde steigen in die Höhe; der Wagen erhebt sich, wir fahren durch die Wolken gen Himmel. Es rauscht und es braust um uns her: sind wir es, die stille sitzen, oder ist's die ganze Welt, die sich bewegt, oder ist's unser kühner Flug? Schwindelt Dir, meine Kordelia, so halte Dich an mir, mir schwindelt nicht. Man schwindelt nie, wenn man immer nur an Eins denkt, und ich denke nur an Dich. Halte Dich fest, meine Kordelia. Wenn die Welt verginge, unser leichter Wagen unter uns verschwände – wir hielten einander doch fest umschlungen, schwebend in sphärischer Harmonie.

Das ist fast zu viel. Mein Diener hat sechs Stunden gewartet, ich selber zwei in Sturm und Regen, und aus keinem andern Grunde, als um dem lieben Mädchen Charlotte Hahn nachzuspüren. Jeden Mittwoch zwischen vier und fünf Uhr besucht sie eine alte Tante. Und gerade heute kommt sie nicht, und gerade heute wünschte ich so sehr, ihr zu begegnen. Warum? Weil sie mich immer in eine ganz bestimmte Stimmung bringt. Ich grüße sie, sie verneigt sich zugleich so unbeschreiblich irdisch, und doch so himmlisch; sie bleibt fast stehn, als wollte sie zur Erde sinken – aber mit einem Blick, als sollte sie gen Himmel gehoben werden. Wenn ich sie ansehe, wird mir so feierlich zu Mut und doch auch so voller Verlangen. Weiter beschäftigt mich das Mädchen gar nicht, nur diesen Gruß verlange ich, nichts mehr, und wollte sie es mir selber geben.

Meine Briefe verfehlen ihren Zweck nicht. Sie entwickeln sie seelisch, wenn auch nicht erotisch. Dazu können auch keine Briefe benutzt werden, nur Billets. Je mehr das Erotische sich durchbricht, um so kürzer werden sie, aber um so sicherer fassen sie die erotische Pointe. Um sie jedoch nicht sentimental oder weich zu machen, muß die Ironie die Gefühle wieder dämpfen, aber zugleich das Verlangen nach der Nahrung in ihr wecken, die ihr die liebste ist. In dem Augenblick, da diese Ahnung in ihrer Seele aufzudämmern anfängt, wird das Verhältnis gebrochen. Durch meinen Widerstand nimmt die Ahnung in ihrer Seele eine Gestalt an, als wäre sie ihr eigner Gedanke, die tiefsten Gefühle ihres eignen Herzens. Und das ist's ja gerade, was ich will.   304

Meine Kordelia!
Ich habe Dir ein Geheimnis anzuvertrauen, Du Vertraute meines Herzens. Wem sollt' ich's auch anvertrauen? Dem Echo? Das würd' es verraten. Den Sternen? Die sind so kalt. Den Menschen? Die verstehen es nicht. Nur Dir darf ich es anvertrauen; denn Du wirst's bewahren.
Ich kenne ein Mädchen, schöner als meiner Seele Traum, reiner als der Sonne Licht, tiefer als des Meeres Quelle, stolzer als des Adlers Flug – ich kenne ein Mädchen – o! neige Dein Haupt meinem Ohr und meiner Rede, daß mein Geheimnis den verborgenen Weg zu Deinem Herzen finde – dieses Mädchen liebe ich mehr als mein Leben, denn sie ist mein Leben; mehr als alle meine Wünsche, denn sie ist mein einziger

Wunsch; wärmer als die Sonne die Blume liebt; inniger als das Leid die bekümmerte Seele in ihrer Einsamkeit; sehnsuchtsvoller als der brennende Sand der Wüste den Regen liebt – ja zärtlicher als das Auge der Mutter auf ihrem Kinde ruht; vertrauensvoller als die Seele des Betenden zu Gott emporschaut; unzertrennlicher als die Pflanze mit ihrer Wurzel verbunden ist. – Dein Haupt wird schwer und gedankenvoll, es sinkt auf die Brust herab, der Busen hebt sich, um ihm zur Hilfe zu kommen – meine Kordelia! Du hast mich verstanden! Willst Du dieses Geheimnis bewahren? Darf ich Dir vertrauen? Man erzählt sich von Menschen, die durch schreckliche Verbrechen aneinander gefesselt einander ewiges Schweigen gelobten. Dir habe ich ein Geheimnis anvertraut, das mein Leben und der ganze Reichtum meines Lebens ist. Hast Du mir nichts anzuvertrauen, das so bedeutungsvoll, so schön, so keusch ist, daß übernatürliche Kräfte sich regen müßten, wenn es verraten würde?

Dein Johannes.

Meine Kordelia!

Der Himmel ist voller Wolken – die dunklen Regenwolken sind wie schwarze Augenbrauen über seinem leidenschaftlichen Gesicht, die Bäume des Waldes bewegen sich, als würden sie von unruhigen Träumen gequält und verfolgt. Ich habe Dich im Walde aus den Augen verloren. Hinter jedem Baum sehe ich ein weibliches Wesen, das Dir ähnlich ist; trete ich näher, dann verschwindet es hinter dem nächsten Baum. Willst Du Dich mir nicht zeigen, Dich nicht sammeln? Alles verwirrt sich vor mir; die einzelnen Teile des Waldes verlieren ihre isolierten Umrisse, ich sehe alles wie in einem Nebelmeer, aus welchem überall weibliche Wesen, die Dir ähnlich sind, auftauchen und wieder verschwinden. Dich sehe ich nicht, Du bewegst Dich stets mit der Woge der Anschauung, und doch bin ich schon glücklich, wenn ich nur an Dich erinnert werde. Woran liegt das? – Ist es Deines Wesens reiche Einheit oder meines Wesens arme Mannigfaltigkeit? – Heißt Dich lieben nicht eine Welt lieben?

Dein Johannes.

Es könnte mich wirklich interessieren, wenn's möglich wäre, die Gespräche, die ich mit Kordelia führe, ganz genau wiederzugeben. Aber, ich sehe es ein, das ist eine Unmöglichkeit; denn erinnerte ich mich auch jedes zwischen uns gewechselten Wortes, so kann man doch nicht das wiedergeben, was eigentlich der Nerv aller Unterhaltung ist, das Überraschende in den Gefühlsausbrüchen, jenes Leidenschaftliche, welches das Lebensprinzip der Konversation ist. Im allgemeinen bereite ich mich natürlich nicht vor, was ja auch gegen das eigentliche Wesen der Konversation, besonders der erotischen Konversation streiten würde. Nur den Inhalt meiner Briefe habe ich stets *in mente*, die durch diese möglicherweise hervorgerufene Stimmung stets vor Augen. Selbstverständlich frage ich sie niemals, ob sie meine Briefe gelesen hat, auch spreche ich niemals direkt mit ihr über dieselben, aber ich unterhalte doch in meinen Gesprächen eine geheimnisvolle Kommunikation mit ihnen, teils um diesen oder jenen Eindruck ihrer Seele noch fester einzuprägen, teils um ihr denselben wieder zu nehmen, um sie zu verwirren. Sie wird den Brief dann aufs neue lesen und einen neuen Eindruck empfangen.

Eine Veränderung ist mit ihr vorgegangen und geht noch immer mit ihr vor. Es ist etwas Träumerisches und Bittendes in ihr, und sie ist nicht mehr so stolz und gebieterisch wie sonst. Sie sucht das Wunderbare außerhalb ihres Ich und möchte bitten, daß es sich ihr offenbare, wie wenn sie es nicht selber hervorzaubern könnte. Das muß verhindert werden, sonst raube ich ihr zu früh den Sieg. Sie sagte mir gestern, es sei in meinem Wesen etwas Königliches. Vielleicht will sie sich vor mir beugen. Das aber geht ganz und gar nicht an.

Gewiß, liebe Kordelia, es ist etwas Königliches in meinem Wesen, aber du ahnst nicht, was das für ein Reich ist, in welchem ich herrsche. Es sind die Stürme der Stimmungen. Wie Äolus habe ich dieselben in dem Berg meiner Persönlichkeit eingeschlossen, und lasse bald den einen, bald den andern herausfahren. – –

Schuldet sie mir etwas? Nein. Könnte ich es wünschen? Gewiß nicht. Ich bin zu sehr Kenner, habe in dem Erotischen zu viele Erfahrungen gemacht, um so törichten Gedanken in mir Raum geben zu können. Und wär's wirklich so, ich würde alles tun, was ich könnte, damit sie es wieder vergäße. Jedes junge Mädchen ist im Verhältnis zum Labyrinth ihres Herzens eine Ariadne; sie hat den Faden, an welchem sie den Weg durch dasselbe finden kann, in ihrer Hand, aber sie weiß ihn nicht zu gebrauchen.

Meine Kordelia!
Sprich – ich gehorche, Dein Wunsch ist mir Befehl; mit jeder Bitte, die über Deine Lippen kommt, machst Du mich zu Deinem Sklaven;

jeder, auch der flüchtigste Wunsch Deines Herzens ist mir eine Wohltat; denn ich gehorche Dir nicht wie ein dienender Geist. Indem Du gebietest, tritt Dein Wille ins Leben, und mit ihm auch ich; denn ich bin das Chaos einer Seele und warte nur auf ein Wort von Dir, daß es Licht werde.

Dein Johannes.

Meine Kordelia!
Du weißt, ich spreche gern mit mir selbst. In mir selber habe ich die interessanteste Person meiner Bekanntschaft gefunden. Zuweilen fürchtete ich, mir würde in diesen Unterredungen der Stoff ausgehen; die Furcht kenne ich jetzt nicht mehr, denn ich habe Dich. Mit mir spreche ich nun und alle Ewigkeit von Dir, von dem interessantesten Gegenstand mit dem interessantesten Menschen – ach, denn ich bin nur ein interessanter Mensch, Du der interessanteste Gegenstand.

Dein Johannes.

Meine Kordelia!
Du meinst, ich hätte Dich erst so kurz geliebt und scheinst fast zu fürchten, daß ich schon früher geliebt haben könnte. Es gibt Handschriften, in welchen das glückliche Auge alsobald eine ältere Schrift erkennt, die im Lauf der Zeiten von unbedeutenden Torheiten verdrängt worden ist. Durch ätzende Mittel wird die spätere Schrift gelöscht und dann steht die älteste klar und deutlich da. So hat Dein Auge mich gelehrt, mich selbst in mir selber zu finden. Mag für ewig alles vergessen werden, was nicht von Dir handelt; aber siehe, da entdecke ich eine uralte und doch göttliche, neue Urschrift, da entdecke ich, daß meine Liebe zu Dir ebenso alt ist wie ich selber.

Dein Johannes.

Meine Kordelia!
Wie kann ein Reich bestehen, das mit sich selber in Streit ist? Wie soll ich bestehen können, da ich mit mir selber im Streite bin? Und um Dich kämpfe ich, meine Kordelia, um womöglich in dem Gedanken, daß ich in Dich verliebt bin, zur Ruhe zu kommen. Aber wie diese Ruhe finden? Denn der Kampf rast in meinem Herzen, und der Streit verzehrt meine Seele.

Dein Johannes.

Verschwinde nur, mein kleines Fischermädchen; verbirg dich zwischen den Bäumen; nimm deine Bürde auf! Wie hübsch es aussieht, wenn du dich zur Erde beugst, ja selbst in diesem Augenblick geschieht es mit einer natürlichen Grazie. Wie eine Tänzerin verrätst du die Schönheit der Formen – schmal die Taille, breit die Brust, aber du meinst, die vornehmen Damen seien viel schöner? Ach, mein Kind, du weißt nicht, wie falsch die Welt ist. Tritt nur deine Wanderung mit deiner Bürde an und geh tiefer, immer tiefer in den ungeheuren Wald hinein; er erstreckt sich viele, viele Meilen ins Land bis hin zu den blauen Bergen. Vielleicht bist du gar kein Fischermädchen, sondern eine verzauberte Prinzessin; du dienst einem Zauberer; er ist grausam genug, dich Holz im Walde sammeln zu lassen. So ist's im Märchen. Warum gehst du sonst immer tiefer in den Wald hinein? Bist du ein wirkliches Fischermädchen, dann mußt du ja hinab zum Dorf, an mir vorüber, der ich auf der andern Seite des Weges stehe. – Folg nur dem Pfad, der sich spielend durch die Bäume schlingt, mein Auge findet dich; sieh dich nur nach mir um, mein Auge folgt dir; rufe und locke mich, das kannst du nicht, die Sehnsucht reißt mich nicht hin, ich sitze hier ruhig am Graben und rauche meine Zigarre. – Ein ander Mal – vielleicht. –

Ja, dein Blick ist schelmisch, wenn du so den Kopf halb zurückwendest; dein leichter Gang ist verführerisch – ich weiß es, ich ahn' es, wohin der Weg dich führt – in den einsamen Wald hinein, wo es so wunderbar still ist, und nur die Bäume flüstern. Sieh, der Himmel selber ist mit dir, er verbirgt sich in Wolken, er macht den Hintergrund des Waldes noch dunkler, es ist, als zöge er die Gardinen vor uns zu. – Leb wohl, mein hübsches Fischermädchen, leb wohl. Dank dir für deine Freundlichkeit, es war ein schöner Augenblick, eine Stimmung, nicht stark genug, um mich von meinem Sitz am Graben fortzutreiben, aber doch reich an innerer Bewegung.

Meine Kordelia!

Wenn ich Dich vergessen könnte! Ist meine Liebe denn ein Gedächtniswerk? Und löschte die Zeit alles auf ihren Tafeln aus, alles, selbst das Gedächtnis, mein Verhältnis zu Dir würde dasselbe bleiben. Du wärst doch nicht vergessen.

Wenn ich Dich vergessen könnte! Wessen sollte ich mich denn erinnern? Mich selber habe ich ja vergessen, um Dein zu gedenken; wenn ich Dich vergäße, würde ich ja an mich selber denken müssen; aber im selben Augenblick schwebte wieder Dein Bild vor meiner Seele!

Wenn ich Dich vergessen könnte! Was würde da geschehen? Man hat ein Bild aus alten grauen Zeiten. Es stellt Ariadne dar. Sie springt von ihrem Lager auf und sieht ängstlich hinter einem Schiff her, das mit vollen Segeln forteilt. Neben ihr steht ein Amor mit einem Bogen ohne Sehne und trocknet die Tränen in seinen Augen ab. Hinter ihr sehen wir eine weibliche Figur mit Flügeln an den Schultern und einem Helm auf dem Haupt. Man nimmt gewöhnlich an, diese letztere sei Nemesis.

Sieh dir das Bild an; nur ein wenig wollen wir es ändern. Amor weint nicht und sein Bogen hat eine Sehne; oder warst Du weniger schön und keine so große Siegerin, weil ich wahnsinnig geworden? Amor lächelt und spannt den Bogen. Auch die Nemesis steht nicht untätig neben Dir, auch sie spannt den Bogen. Auf jenem Bilde sieht man im Schiff eine männliche Gestalt, die mit einer Arbeit beschäftigt ist. Man meint, es sei Theseus. Nicht so auf meinem Bilde. Er steht am Hintersteven, schaut sehnsuchtsvoll zurück, breitet seine Arme aus, er hat es bereut, oder richtiger, sein Wahnsinn hat ihn verlassen, aber das Schiff entführt ihn. Sowohl Amor wie Nemesis zielen, von jedem Bogen fliegt ein Pfeil, sie treffen sicher, man sieht's, man versteht es, sie treffen beide sein Herz zum Zeichen, daß seine Liebe die Nemesis war.

Dein Johannes.

Meine Kordelia!

Man sagt von mir, ich sei in mich selber verliebt. Das wundert mich nicht. Denn ich bin ja nur deshalb in mich selber verliebt, weil ich in Dich verliebt bin; denn Dich liebe ich, Dich allein und alles, was Dir in Wahrheit angehört, und darum liebe ich mich selber, weil dieses mein Ich Dir gehört. Ich würde Dich ja nicht mehr lieben, wenn ich mich selber nicht mehr liebte. Was in den profanen Augen der Welt ein Ausdruck für den größten Egoismus ist, das ist also für Deinen einge-weihten Blick der Ausdruck für die reinste Sympathie.

Dein Johannes.

Ich habe gefürchtet, die ganze Entwicklung würde lange Zeit in Anspruch nehmen. Ich sehe jedoch, daß Kordelia bedeutende Fortschritte macht; ich muß daher schön alles in Bewegung setzen, um sie recht in Atem zu halten.

Meine Kordelia!

Arm bin ich – Du bist mein Reichtum; finster – Du bist mein Licht; ich besitze nichts, bedarf nichts. Und wie sollte ich auch besitzen können? Es ist ja ein Widerspruch, denn wer sich nicht selber besitzt, kann auch nichts besitzen. Ich bin glücklich wie ein Kind, das nichts kann und nichts hat. Ich besitze nichts; denn ich gehöre nur Dir an; ich habe aufgehört zu sein, um Dein zu sein.

Dein Johannes

Meine Kordelia!

Mein – was heißt das? Es ist nicht das, was mir gehört, sondern das, dem ich angehöre. Mein Gott ist ja nicht der Gott, der mir gehört, sondern der Gott, dem ich angehöre, so auch, wenn ich sage: mein Vaterland, meine Heimat, mein Amt, meine Sehnsucht, meine Hoffnung. Wenn es bis heute keine Unsterblichkeit gegeben hätte, dann würde dieser Gedanke, daß ich Dein bin, den gewöhnlichen Lauf der Natur durchbrechen.

Dein Johannes.

Meine Kordelia!

Meine Liebe verzehrt mich, nur meine Stimme bleibt übrig, eine Stimme, die, in Dich verliebt, Dir immer zuflüstert, daß ich Dich liebe. O, ermüdet es Dich, diese Stimme anzuhören? Überall umgibt sie Dich, wie sich meine durch und durch reflektierte Seele um Dein reines, tiefes Wesen legt.

Dein Johannes.

Meine Kordelia!

Man liest in alten Erzählungen, daß ein Fluß sich in ein Mädchen verliebte. So ist meine Seele ein Fluß, der Dich liebt. Bald ist er still und ruhig, und es spiegelt sich in ihm Dein Bild tief und unbewegt; bald bildet er sich ein, er habe Dein Bild aufgefangen und seine Wellen brausen mächtig, sie wollen Dich nicht wieder fahren lassen; bald kräuselt seine Oberfläche sich leise und spielt mit Deinem Bilde; zuweilen hat er es verloren, dann werden seine Wasser schwarz und voller Verzweiflung. – So ist meine Seele: wie ein Fluß, der sich in Dich verliebt hat.

Dein Johannes.

311

Gestern abend war bei der Tante eine kleine Gesellschaft. Ich wußte, daß Kordelia eine kleine Arbeit in die Hand nehmen werde. In dieselbe hatte ich ein kleines Billet gelegt. Sie verlor es, nahm es auf, und ward bewegt, sehnsuchtsvoll. So muß man die Situation immer zu Hilfe nehmen. Es ist unglaublich, welche Vorteile man daraus ziehen kann. Ein an und für sich unbedeutendes Billet, unter solchen Umständen gelesen, wird ihr unendlich bedeutsam. Mich konnte sie nicht finden, ich hatte es so eingerichtet, daß ich eine Dame nach Hause begleiten mußte. Sie mußte also bis heute warten. So bohrte sich der Eindruck um so tiefer in ihre Seele ein. Immer sieht es so aus, als erwiese ich ihr eine neue Aufmerksamkeit; ich bin also überall in ihren Gedanken, ich überrasche sie immer.

Die Liebe hat doch eine eigne Dialektik. Ich war einmal in ein junges Mädchen verliebt. Im vorigen Sommer sah ich am Theater in Dresden eine Schauspielerin, die ihr täuschend ähnlich war. Aus dem Grunde wünschte ich ihre Bekanntschaft zu machen, was mir auch gelang, und überzeugte mich nun doch, daß die Unähnlichkeit ziemlich groß war. Heute treffe ich eine Dame, es war auf der Straße, die mich an jene Schauspielerin erinnert. Diese Geschichte kann *in infinitum* fortgesetzt werden.

Überall umgeben meine Gedanken Kordelia, ich lasse sie wie Engel sich um sie legen. Wie Venus in ihrem Wagen von Tauben gezogen ward, so sitzt sie in ihrem Triumphwagen, und ich spanne meine Gedanken vor wie geflügelte Wesen. Sie selber sitzt froh und reich wie ein Kind, allmächtig wie eine Göttin da; ich gehe neben ihr. In der Tat, ein junges Mädchen ist und bleibt doch der Natur und des ganzen Universums *Venerabile*. Das weiß niemand besser wie ich. Sie lächelt mich an, sie grüßt mich, sie winkt mir, als wär's meine Schwester. Ein Blick erinnert sie daran, daß sie meine Geliebte ist.

Die Liebe hat viele Positionen. Kordelia macht gute Fortschritte. Sie sitzt auf meinen Knieen, ihr Arm schlingt sich weich und warm um meinen Hals; sie selbst ruht leicht an meiner Brust. Ist das Liebe? Vielleicht. Noch fehlt die Energie. Sie küßt mich, unbestimmt wie der Himmel das Meer küßt, still und mild, wie der Tau die Blume küßt, feierlich wie das Meer des Mondes Bild küßt.

Ihre Leidenschaft würde ich in diesem Augenblick naive Leidenschaft nennen. Nun tritt der Wechsel der Situation ein. Ich fange im Ernst an mich zurückzuziehen, sie wird alles aufbieten, um mich wirklich zu fesseln: dazu hat sie keine andern Mittel als eben das Erotische, nur daß es sich nun ganz anders offenbart. Es ist ein Schwert in ihrer Hand geworden, das sie gegen mich schwingt. Ich meinerseits habe die reflektierte Leidenschaft. Sie kämpft für sich selber, denn sie weiß, daß ich im Besitz des Erotischen bin, sie kämpft für sich selber, um mich zu überwinden, und selber verlangt sie nach einer höhern Form des Erotischen. Was sie ahnen lernte, als meine Liebesglut sie erwärmte, das lernt sie nun durch mein kaltes Wesen begreifen, aber so, daß sie es selber zu entdecken glaubt. Damit meint sie mich gefangen zu haben. Ihre Leidenschaft wird bestimmt, energisch, dialektisch; ihr Kuß total, ihre Umarmung hiatisch.

Bei mir findet sie ihre Freiheit und findet sie um so mehr, je fester ich sie einschließe. Die Verlobung wird aufgehoben. Wenn das geschehen ist, sehnt sie sich nach etwas Ruhe, damit in diesem wilden Sturm nichts Unschönes sich zeige. Noch einmal sammelt sie ihre Leidenschaft, und sie ist mein.

Wie ich schon zur Zeit des seligen Eduard indirekt für ihre Lektüre sorgte, so tue ich es nun direkt. Ich bringe ihr, was ich für die beste Nahrung ansehe: Mythologie und Märchen. Doch hat sie hier wie überall ihre Freiheit, ich errate ihre geheimsten Gedanken, und das wird mir ja nicht schwer, weil sie sie von mir empfangen hat.

Wenn die Dienstmädchen im Sommer nach dem Tiergarten hinauswandern, so ist das im allgemeinen ein schlechtes Vergnügen. Sie sind da nur einmal im Jahr, und deshalb wollen sie recht viel davon haben. So geht's denn mit Hut und Schal hinaus. Die Lustigkeit ist wild, unschön, lasziv. Nein, da halte ich es mit dem Frederiksberger Garten. Am Sonntagnachmittag gehen sie dahin, und ich auch. Hier ist alles manierlich und dezent, selbst die Lustigkeit stiller und edler. Überhaupt verlieren die Männer, die keinen Sinn für Dienstmädchen haben, mehr dabei, als diese verlieren.

Die mannigfache Schar der Dienstmädchen ist wirklich die schönste Wehr Dänemarks. Wär' ich König, so wüßte ich wohl, was ich täte: ich hielte nicht Revue über die Linientruppen. Wär' ich einer von den zweiunddreißig Stadtverordneten, ich würde sofort darauf antragen, daß ein Wohlfahrts-Komitee ernannt würde, das durch Rat und Tat die Dienstmädchen zu einer geschmackvollen und sorgfältigen Toilette zu ermuntern suchte. Weshalb soll die Schönheit so unbemerkt durch das Leben gehen? Laß sie sich doch wenigstens einmal in der Woche in dem

Lichte zeigen, in welchem sie am schönsten strahlen. Aber vor allem Geschmack, Begrenzung. Ein Dienstmädchen soll nicht wie eine Dame auftreten, nein, gewiß nicht! Aber wenn man so einem wünschenswerten Aufblühen der Dienstmädchenklasse entgegensehen dürfte, würde das nicht auch wieder für die Töchter in unsern Häusern heilsam sein? Oder ist's zu kühn, wenn ich auf diesem Wege für Dänemark eine Zukunft erblicke, die in Wahrheit unvergleichlich genannt werden kann? O, wär's nur auch mir selber vergönnt, diese goldne Zeit zu erleben, dann könnte man mit gutem Gewissen den ganzen Tag auf den Straßen und Gassen der Stadt umherschlendern und sich an all den Schönheiten erfreuen. Wie schwärmen meine Gedanken so weit und kühn, so patriotisch! Aber ich bin ja auch hier draußen in Frederiksberg, wohin am Sonntagnachmittag die Dienstmädchen kommen, und ich auch. - - -

Zuerst kommen die Bauerdirnen, Hand in Hand mit ihren Geliebten, oder nach einem andern Muster: alle Mädchen Hand in Hand voran, alle Burschen hinterher, oder wieder ein andres Bild: zwei Mädchen und ein Bursche. Diese Schar bildet den Rahmen, sie stehen oder sitzen gern an den Bäumen vor dem Pavillon. Sie sind frisch und gesund, nur das Kolorit sowohl des Teints wie der Toilette ist etwas zu grell. Nun kommen die Mädchen aus Jütland und von Fünen. Hoch, schlank, etwas zu stark, ihr Anzug etwas unordentlich. Hier wäre für das Komitee viel zu tun. Auch Repräsentantinnen der Bornholmschen Division fehlen nicht: dralle Köchinnen, denen man aber weder in der Küche noch in Frederiksberg zu nahe kommen darf, ihr Wesen hat etwas stolz Abweisendes. Ihre Anwesenheit ist daher durch den Gegensatz nicht ohne Wirkung, ich entbehre sie hier draußen nicht gern, lasse mich aber selten mit ihnen ein. Dann kommen die Kerntruppen: die Mädchen von Nyboder. Von kleinerem Wuchs, mit vollen, schwellenden Gliedern, feinem Teint, munter, vergnügt, lebhaft, gesprächig, ein bißchen kokett. Ihr Anzug nähert sich dem einer Dame, nur zweierlei müssen wir bemerken: sie tragen keinen Schal, sondern ein Tuch, keinen Hut, sondern höchstens eine kleine hübsche Haube. - - -

Ah, sieh, guten Tag, Marie! Treffe ich Sie hier draußen? Wie lange habe ich Sie nicht gesehen. Sie sind doch wohl noch bei Konferenzrats? - »Ja!« - Gewiß eine sehr gute Kondition? - »Ja!« - Aber sie sind so allein hier draußen? Haben keinen Begleiter ... keinen Schatz? Hatte er heute vielleicht keine Zeit, oder erwarten Sie ihn noch? - Wie, Sie sind nicht verlobt? Das ist ja unmöglich. Das schönste Mädchen, ein Mädchen, das bei einem Konferenzrat dient, ein Mädchen, das sich so nett und … so reich zu schmücken weiß. Das ist ja ein reizendes Taschentuch, das Sie da in der Hand haben, vom feinsten Kammertuch … Was sehe ich, sogar gestickt … ich wette, es hat zehn Mark gekostet … manche vornehme Dame hat kein so schönes … französische Handschuhe … ein seidner Regenschirm … Und solch ein Mädchen sollte nicht verlobt sein? Das ist ja gar nicht möglich. Wenn ich nicht irre, so hielt Jens auch recht viel von Ihnen, Sie wissen wohl. Jens, der Jens bei dem Grossisten, in der zweiten Etage … hab' ich's nicht getroffen? … Weshalb verlobten Sie sich denn nicht? Jens war ja ein hübscher Bursche, hatte eine gute Kondition, vielleicht wäre er durch den Einfluß des Grossisten Polizeidiener oder Heizer in einem Palais geworden, es wäre keine so schlechte Partie … Sie haben gewiß selber Schuld, Sie sind zu hart gegen ihn gewesen … Nein! aber ich hörte, Jens sei schon einmal mit einem Mädchen verlobt gewesen, die er gar nicht schön behandelt haben soll. – … Was muß ich hören! Wer hätte das von Jens gedacht … ja, die Gardisten, … die Gardisten, denen kann man nicht trauen … Sie handelten ganz recht; ein Mädchen, wie Sie, ist wahrlich zu gut, um sich nur so wegzuwerfen … Sie werden noch eine bessere Partie machen, dafür stehe ich Ihnen ein. – – – Wie geht's Fräulein Juliane? Ich sah sie lange nicht. Meine hübsche Marie könnte mir gewiß eins oder das andre erzählen … hat man schon selber eine unglückliche Liebe gehabt, dann fühlt man auch mit andern Teilnahme … hier sind so viele Menschen … ich kann hier nicht mit Ihnen darüber sprechen, es könnte uns jemand belauschen … hören Sie mich nur einen Augenblick an, meine hübsche Marie … Sehen Sie, hier in dem schattigen Weg, wo die Bäume uns vor den andern verbergen, hier, wo wir keinen Menschen sehen, keine menschliche Stimme hören, sondern nur einen leisen Widerhall der rauschenden Musik … hier darf ich mit Ihnen von einem Geheimnis reden … Nicht wahr, wenn Jens nicht ein so schlechter Mensch gewesen wäre, so wärst du hier mit ihm spazieren gegangen, Arm in Arm, hättest auf die Musik gehört und wohl noch höhere Freuden genossen – – – warum so bewegt? – Vergiß Jens … Willst du denn ungerecht gegen mich sein? … Ich kam ja nur deshalb hierher, nur um dich zu treffen … und bin öfters bei dem Konferenzrat gewesen, nur um dich zu sehen … Hast's gemerkt, nicht wahr? … Ließ es sich machen, kam ich an die Küchentür … Du sollst mein werden … Wir wollen von der Kanzel aufgeboten werden … morgen abend will ich dir alles erklären … die Küchentreppe hinauf, die Tür links, gerade der Küchentür gegenüber … Ade, meine schöne Marie … laß keinen merken, daß du mich hier draußen gesehen hast. Du kennst ja mein Geheimnis. - - - Sie ist wirklich reizend, aus der ließe sich etwas machen. - Wenn ich erst festen Fuß in ihrem Stübchen gefaßt habe, werde ich uns schon selber von der Kanzel aufbieten. Ich habe immer gesucht, die schöne griechische *autarkeia* zu entwickeln und besonders einen Pastor überflüssig zu machen.

Wenn es sich einmal so machen ließe, daß ich hinter Kordelia stehen könnte, während sie einen Brief von mir empfängt, so würde mich das freilich sehr interessieren. Denn dann würde ich mich leicht davon überzeugen, in welchem Grade sie sich ihn erotisch aneignet. Im ganzen sind und bleiben Briefe doch ein unbezahlbares Mittel, auf junge Mädchen einen Eindruck zu machen; der tote Buchstabe hat oft einen viel größeren Einfluß als das lebendige Wort. Ein Brief ist eine geheimnisvolle Kommunikation; man ist Herr über die Situation, fühlt sich durch keinen Anwesenden gedrückt, und mit ihrem Ideal will ein junges Mädchen am liebsten ganz allein sein, das heißt in einzelnen Augenblicken, und gerade in den Augenblicken, in welchen ihr Herz am tiefsten bewegt ist. Wenn ihr Ideal auch in einem bestimmten, geliebten Menschen einen noch so vollkommenen Ausdruck gefunden hat, so gibt es doch Momente, in denen sie es fühlt, daß in dem Ideal ein Zauber liegt, den die Wirklichkeit nicht hat. Diese großen Versöhnungsfeste müssen ihr gegeben werden; nur muß man sie richtig zu benutzen wissen, damit das junge Mädchen nicht ermattet, sondern gestärkt von ihnen zur Wirklichkeit zurückkehre. Dazu helfen Briefe, denn sie bewirken, daß man in diesen heiligen Weihestunden unsichtbar und geistig anwesend ist, während die Vorstellung, daß die wirkliche Person der Verfasser des Briefes ist, einen natürlichen und leichten Übergang zur Wirklichkeit bildet.

Könnte ich eifersüchtig auf Kordelia werden? Tod und Teufel, ja! Und doch im andern Sinn, nein! Wenn ich nämlich sähe, daß ihr Wesen zerstört und nicht das würde, was ich wünschte – dann würde ich sie aufgeben, selbst wenn ich in meinem Kampf wider den andern siegte.

Ein alter Philosoph hat gesagt, wenn man alles, was man erlebte, genau aufschriebe, so würde man, ehe man es sich selber versähe, ein Philosoph. Ich habe schon daran gedacht, mir Materialien zu einer Schrift zu sammeln, die den Titel trüge: »Beiträge zur Theorie des Kusses, allen zärtlich Liebenden gewidmet«. Es ist übrigens merkwürdig, daß über dieses

Thema noch kein Buch geschrieben ist. Wenn ich damit fertig werden sollte, würde ich jedenfalls einem lange gefühlten Mangel abhelfen. – Einzelne Winke kann ich übrigens jetzt schon geben. Zu einem richtigen Kuß gehört, daß ein Mädchen und ein Mann die Handelnden sind. Ein Kuß unter Männern hat keinen Geschmack oder – und das ist noch schlimmer – schmeckt geradezu schlecht. – Weiter glaube ich, daß ein Kuß der Idee näher kommt, wenn ein Mann ein Mädchen küßt, als wenn ein Mädchen einen Mann küßt. Ist in diesem Verhältnis mit den Jahren eine Indifferenz eingetreten, so hat der Kuß seinen Sinn und seinen Wert verloren. Dies gilt vor allem von dem ehelichen Hauskuß, mit welchem Mann und Frau, weil sie keine Servietten haben, einander den Mund abwischen, während es heißt: Gesegnete Mahlzeit. – Ist der Unterschied des Alters sehr groß, so liegt der Kuß außerhalb seiner Idee. Ich erinnere mich, wie die erste Klasse einer Mädchenschule in einer Provinzialstadt einen besondern Terminus hatte: »Den Justizrat küssen«, womit sie eine nichts weniger als angenehme Vorstellung verbanden. Die Geschichte dieses Terminus ist folgende: Die Lehrerin hatte einen Schwager, der bei ihr wohnte; derselbe war Justizrat gewesen und glaubte, daß er als älterer Mann sich die Freiheit nehmen dürfe, die jungen Mädchen zu küssen. – Der Kuß muß der Ausdruck einer bestimmten Leidenschaft sein. Wenn ein Bruder und eine Schwester, die zugleich Zwillinge sind, einander küssen, dann ist's kein rechter Kuß. Dasselbe gilt von einem Kuß bei einem Pfänderspiel, item von einem gestohlenen Kuß.

Ein Kuß ist eine symbolische Handlung und hat nichts zu bedeuten, wenn das Gefühl, das er bezeichnen soll, nicht vorhanden ist; und dieses Gefühl kann nur unter bestimmten Verhältnissen vorhanden sein.

Wollte man die Küsse in verschiedene Kategorien einteilen, so kann man sich auch mehrere Einteilungsprinzipien denken. Man kann sie nach dem Laut einteilen. Leider reicht die Sprache im Verhältnis zu meinen Beobachtungen nicht hin. Kaum glaube ich, daß die Sprachen der ganzen Welt den nötigen Vorrat von Onomatopoetika haben, um die Verschiedenheiten zu bezeichnen, die ich allein im Hause meines Onkels kennen gelernt habe. Bald sind es schnalzende, bald zischende, bald klatschende, bald knallende, bald dröhnende, bald volle, bald hohle, bald wie Kattun u.s.w., u.s.w. – Man kann die Küsse auch nach der Berührung einteilen: wir haben den tangierenden Kuß oder den Kuß *en passant* und den kohärierenden. – Auch nach der Zeit läßt er sich einteilen: der kurze und der lange. Nach der Zeit gibt es auch noch eine andre Einteilung, und diese ist eigentlich die einzige, die mir gefallen hat: man unterscheidet den ersten Kuß und all die andern. Der erste Kuß ist auch qualitativ verschieden von allen übrigen.

Meine Kordelia!

»Eine gute Antwort ist wie ein süßer Kuß«, sagt Salomo. Du weißt, daß ich ein böser Frager bin; darüber habe ich schon viel hören müssen. Das kommt daher, daß man nicht versteht, wonach ich frage; denn Du und Du allein verstehst das, und Du und Du allein verstehst zu antworten, und Du und Du allein verstehst eine gute Antwort zu geben; denn »eine gute Antwort ist wie ein süßer Kuß«, sagt Salomo.

Dein Johannes.

Zwischen geistiger und irdischer Erotik ist ein Unterschied. Bisher habe ich in Kordelia die geistige zu entwickeln gesucht. Meine persönliche Gegenwart muß nun eine andre werden, nicht nur die akkompagnierende Stimmung, sie muß versuchend werden. Ich habe mich in diesen Tagen beständig darauf vorbereitet und den bekannten *locus* im Phädrus über die Liebe gelesen. Das elektrisiert mein ganzes Wesen und ist ein herrliches Präludium. Plato verstand sich doch wirklich auf Erotik.

Meine Kordelia!

Der Lateiner sagt von einem aufmerksamen Schüler, er hänge am Munde seines Lehrers. Für die Liebe ist alles ein Bild, aber auch das Bild wieder Wirklichkeit. Bin ich nicht ein fleißiger, aufmerksamer Schüler? Aber Du sagst ja kein Wort.

Dein Johannes.

Meine Kordelia!

»Mein – Dein«, diese Worte umschließen den armen Inhalt meiner Briefe wie eine Parenthese. Hast Du gemerkt, daß die Entfernung zwischen ihren Armen kürzer wird? O, meine Kordelia! Es ist doch schön, je inhaltsleerer die Parenthese wird, um so bedeutungsvoller wird sie.

Dein Johannes.

Meine Kordelia!

Ist eine Umarmung ein Kampf?

Dein Johannes.

Im allgemeinen verhält Kordelia sich schweigend. Das ist mir immer lieb gewesen. Sie ist eine zu tiefe weibliche Natur, als daß sie einen mit dem Hiatus plagte, dieser Redefigur, die besonders dem Weibe eigentümlich, ja die unentbehrlich ist, wenn der Mann, der den vorhergehenden oder nachfolgenden begrenzenden Konsonanten bilden soll, auch ein Weib ist. Zuweilen verrät jedoch eine einzelne kurze Äußerung, wieviel in ihr verborgen ist. Ich bin ihr dann behilflich. Es ist, als stände hinter einem Menschen, der mit unsicherer Hand einzelne Striche zu einer Zeichnung hinwirft, ein andrer, der beständig alles etwas abrundete und genialer machte. Sie wird selbst überrascht, und doch ist's, als ob's ihr eigen wäre. Deshalb wache ich über ihr, über jeder zufälligen Äußerung, jedem leicht hingeworfenen Wort, und indem ich es ihr zurückgebe, ist es immer etwas Bedeutenderes, was sie kennt und doch nicht kennt.

Meine Kordelia!

Glaubst Du, daß der, der seinen Kopf auf einen Elfenhügel legt, im Traum das Bild einer Elfe sieht? Ich weiß es nicht, aber das weiß ich: wenn mein Kopf an Deiner Brust ruht, und ich mein Auge nicht schließe, sondern emporblicke, ich eines Engels Antlitz sehe. Glaubst Du, daß der, der seinen Kopf an einen Elfenhügel lehnt, nicht ruhig liegen kann? Ich glaube es nicht; aber ich weiß, daß wenn mein Kopf sich gegen Deinen Busen lehnt, er zu stark bewegt wird, als daß der Schlaf sich auf meine Augen herablassen könnte.

Dein Johannes.

Jacta est alea. Nun muß die Wendung gemacht werden. Ich war heute bei ihr, ganz hingerissen von meiner Idee, die mich tief bewegte. Ich hatte weder Aug' noch Ohr für sie. Die Idee selbst war interessant und fesselte sie. Es wäre auch sehr töricht gewesen, wenn ich die neue Operation dadurch eingeleitet hätte, daß ich in ihrer Gegenwart kalt gewesen wäre.

Wenn ich nun gegangen bin, und der Gedanke selber sie nicht mehr erfüllt, so wird sie leicht merken, daß ich anders als sonst war. Diese Entdeckung wird ihr um so schmerzlicher sein, wird langsamer, aber um so sicherer wirken, als ihr diese Änderung in einer einsamen Stunde entgegengetreten ist. Sie kann nicht gleich aufbrausen, und nachher sind schon so viele Gedanken auf sie eingestürmt, daß sie nicht alles zu gleicher Zeit aussprechen kann, sondern immer das Residuum eines Zweifels in ihrer Seele zurückbleibt. Die Unruhe wird größer, die Briefe hören auf, die erotische Nahrung wird ihr dürftiger zugemessen, die Liebe wird als etwas Lächerliches verspottet. Vielleicht geht sie einen Augenblick mit, aber auf die Dauer kann sie es nicht aushalten. Sie will mich nun durch dieselben Mittel fesseln, die ich gegen sie angewandt habe, durch das Erotische.

Bei der Frage, wann eine Verlobung aufgehoben werden dürfe, resp. müsse, ist jedes kleine Mädchen ein großer Kasuist; und obgleich in den Schulen sein eigner Kursus über dieselbe gehalten wird, so sind doch alle Mädchen sehr orientiert, wo diese Frage aufgeworfen wird. In den letzten Jahren müßten es eigentlich die stehenden Examina sein, und wenn ich auch wohl weiß, daß die Aufsätze, die in höhern Töchterschulen gemacht werden, gewöhnlich sehr ermüdend sind, so bin ich dessen ge-

wiß, daß dieses Problem dem Scharfsinn eines Mädchens ein weites Feld öffnet. Und warum soll man einem jungen Mädchen nicht die Gelegenheit bieten, seinen Scharfsinn in glänzendster Weise zu zeigen? Und wird es nicht auch so offenbar werden, wann ein Mädchen reif – zur Verlobung ist? –

Heute war ich bei ihr. Sofort leitete ich die Unterhaltung wieder auf dasselbe Thema, das uns gestern beschäftigt hatte, indem ich sie wieder in Ekstase zu bringen suchte.

»Schon gestern«, sagte ich, »hatte ich eine Bemerkung machen wollen, aber es fiel mir erst ein, als ich gegangen war!« Es glückte. Solange ich bei ihr bin, ist's ihr ein Genuß, mich anzuhören; bin ich weg dann merkt sie es wohl, daß sie betrogen ist, daß ich verändert bin. So zieht man seine Aktien heraus. Diese Methode ist hinterlistig, aber sehr zweckmäßig, wie alle indirekten Methoden.

Oderint, dum metuant, wie wenn nur Furcht und Haß zusammengehörten, während Furcht und Liebe gar nichts miteinander zu tun hätten, wie wenn nicht gerade die Furcht die Liebe interessant machte? Ist nicht in der Liebe, mit welcher wir die Natur umfassen, eine geheime Angst, weil ihre schöne Harmonie sich aus wildem Chaos hervorarbeitet, ihre Sicherheit aus Treulosigkeit? Aber gerade diese Angst fesselt am meisten. Und ebenso ist's mit der Liebe, ja, es muß so sein, wenn sie interessant sein soll. Hinter derselben muß die tiefe, angstvolle Nacht stehen, aus welcher die Blume der Liebe geboten wird. – – –

Ich habe es schon oft bemerkt: in ihren Briefen nennt sie mich immer: *mein;* aber sie hat nicht den Mut, es mir zu sagen. Heute bat ich sie selbst darum, so insinuant und erotisch warm wie möglich. Sie fing an; aber ein ironischer Blick, kürzer und rascher als es sich sagen läßt, genügte, um es ihr unmöglich zu machen, obgleich ich sie dringend bat, es zu versuchen. Diese Stimmung ist normal.

Sie ist mein! Das vertraue ich den Sternen nicht an, wie es wohl Sitte ist, obgleich ich nicht recht begreife, welches Interesse jene fernen Welten daran haben können. Noch viel weniger vertraue ich es einem Menschen an, auch nicht Kordelia. Dieses Geheimnis behalte ich für mich allein, flüstere es gleichsam in mich hinein, selbst in den geheimnisvollsten Selbstgesprächen. Der attentierte Widerstand ihrerseits war nicht sonderlich groß, dagegen ist die erotische Macht, die sie entfaltet, bewunderswert. Wie interessant ist sie in dieser tiefen Leidenschaftlichkeit, wie groß, fast übernatürlich! Alles ist in Bewegung, aber in diesem Rauschen und Brausen der Elemente bin ich gerade in meinem Element. Und doch ist sie selbst in dieser Erregung keineswegs unschön, in den Stimmungen nicht verwirrt, in den Momenten nicht zerstreut. Sie ist stets eine Anadyomene, nur daß sie nicht in naivem Zauber, oder in unbefangener Ruhe emporsteigt; sondern sie wird von den starken Wellen der Liebe bewegt, aber sie selber bleibt doch dem großen Oranier gleich *saevis tranquilla in undis.* Sie ist voll erotisch zum Streit gerüstet, kämpft mit den Pfeilen ihrer Augen, mit den gebieterischen Befehlen ihrer Brauen, mit dem geheimnisvollen Ernst der Stirn, der Beredsamkeit des Busens, mit dem gefährlichen Zauber ihrer Arme, mit dem flehentlichen Bitten ihrer reizenden Lippen, mit dem Lächeln ihrer Wangen, mit der süßen Sehnsucht ihres ganzen Wesens. Es ist eine Kraft, eine Energie in ihr, als wäre sie eine Walkyre, aber diese erotische Kraft wird durch eine gewisse schmachtende Mattigkeit, die über ihr ausgebreitet ist, wieder temperiert. –

Auf dieser Spitze darf sie nicht lange gehalten werden, nur die Angst und Unruhe halten sie da, und hindern's, daß sie herabstürzt. Solchen Verhältnissen gegenüber ist eine Verlobung, wie sie bald fühlen wird, zu beengend, zu genierend. Sie wird selber zur Versucherin und verführt mich, über die Grenze des Gewöhnlichen hinauszugehen. So wird sie sich dessen bewußt, und darauf kommt es mir vor allem an.

Es kommen nun nicht selten von ihren Lippen Andeutungen, daß ihr die Verlobung ein Dorn ist. Solche Äußerungen gehen an meinen Ohren nicht unbemerkt vorüber, sie sind in ihrer Seele die Spione meiner

Operation, die mich orientieren und mit denen ich sie in mein Garn
locke.

Meine Kordelia!

323 Du klagst über die Verlobung und meinst, unsre Liebe bedürfe eines
so äußerlichen Bandes nicht, ja, sie störe uns nur. Daran erkenne ich
gleich meine ausgezeichnete Kordelia! In Wahrheit, ich bewundre Dich.
Unsre äußerliche Verbindung scheidet uns doch nur. Noch ist eine Wand
zwischen uns, die uns wie Pyramus und Thisbe trennt. Noch stört uns
in dem Genuß unsrer Liebe, daß andre Menschen unser Geheimnis
kennen, so daß es kein Geheimnis mehr ist. Erst wenn kein Fremder
unsre Liebe ahnt, hat sie rechten Wert, erst da ist sie glücklich.

Dein Johannes.

Bald wird das Band der Verlobung gebrochen. Sie selber löst es, um
mich dadurch noch stärker zu fesseln, wie die flatternden Locken mehr
fesseln, als die aufgebundenen. Löste ich die Verlobung auf, so würde
ich diese verführerischen Saltomortale ihrer Liebe nicht sehen, was um
so trauriger sein würde, als ich dann auch nicht das sichere Zeichen von
der Kühnheit ihrer Seele hätte. Darauf kommt's mir an. Auch würde ich
ja, wenn der Schritt von mir ausgegangen wäre, von den andern Menschen – wenn auch ohne Grund – gehaßt und verabscheut werden. Denn
wie vorteilhaft würde das für viele sein? Manch liebes kleines Mädchen,
das noch nicht verlobt ist, würde immerhin recht zufrieden sein, wenn
sie dem ersehnten Ziele ganz nahe gewesen wäre. Es ist doch immer etwas, wenn auch freilich sehr wenig, denn hat man so einen Platz auf
der Exspektance-Liste erreicht, dann ist man gerade ohne Exspektance;
je höher man aufrückt, um so geringer wird die Exspektance. Im Reich
der Liebe wird man nicht nach dem Anciennetätsprinzip befördert, da
avanciert man aus andern Gründen. Ein König ohne Land ist immer
eine lächerliche Figur; aber ein Successionskrieg zwischen verschiedenen
Prätendenten um ein Königreich ohne Land, das übertrifft selbst das
Lächerlichste.

Ein Weib kann man doch wieder und wieder betrachten und an demselben seine Studien machen. Wer das nicht mag und daran seine Freude
hat, der sei, was er will – eins ist er nicht: er ist kein Ästhetiker. Das ist
ja gerade das Herrliche, das Göttliche in der Ästhetik, daß sie in ein

Verhältnis zum Schönen tritt. Mit wahrer Freude denke ich daran, wie sich die Sonne der Weiblichkeit in unendlich vielen Strahlen bricht. Nie wird mein Auge müde, all die zerstreuten Emanationen weiblicher Schönheit zu betrachten. Jeder einzelne Strahl hat seine besondre Schönheit, jeder hat das Seine: das muntere Lächeln; den schelmischen Blick; das fragende Auge; den ausgelassenen, leichten Sinn; den hängenden Kopf; die stille Wehmut; das tiefe Ahnen; das irdische Heimweh; die drohenden Brauen; die fragenden Lippen; die geheimnisvolle Stirn; die verführerischen Locken; den himmlischen Stolz, die irdische Schüchternheit; die Reinheit der Engel, das leise Erröten; den leichten Schritt: das reizende Schweben; die schmachtende Haltung; das träumerische Sehnen; die unerklärten Seufzer; den schlanken Wuchs; die weichen Formen; den wogenden Busen; den kleinen Fuß, die reizende Hand. – Jeder hat das seine und zwar der eine dies, der andre jenes. Wenn ich dann gesehen und wieder gesehen, wenn ich gelächelt und geseufzt, geschmeichelt und gedroht, begehrt und versucht, gelacht und geweint, gehofft und gefürchtet, gewonnen und verloren habe – dann sammelt sich das einzelne zu *einem* harmonischen Ganzen, und meine Seele freut sich, mein Herz klopft und die Leidenschaft glüht in meiner Brust. Dieses eine Mädchen, die einzige in der ganzen Welt, sie muß mir angehören, sie muß mein werden. Laß Gott seinen Himmel, wenn ich sie erhalte.

Ich weiß wohl, was ich wähle, es ist so groß, daß selbst dem Himmel nicht damit gedient sein kann, wenn geteilt wird; denn was bliebe im Himmel zurück, wenn ich sie behielte? Die gläubigen Mohammedaner würden in ihrer Hoffnung getäuscht werden, wenn sie in ihrem Paradiese bleiche, kraftlose Schatten umarmten. Warme Herzen können sie ja nicht finden, denn alle Wärme des Herzens hat sich in ihrer Brust gesammelt; trostlos würden sie verzweifeln, wenn sie bleiche Lippen, matte Augen, einen kalten Busen, einen armen Druck der Hand fänden; denn alles Rot der Lippen und alles Feuer der Augen, des Busens Unruhe und der vielverheißende Druck der Hand, der Seufzer leises Ahnen und des Kusses Versiegelung, die zitternde Leidenschaft einer Umarmung – alles, alles wäre in ihr vereinigt, in ihr, die an mir verschwenden würde, was sowohl diese wie jene Welt reich machen könnte.

So habe ich oft geträumt, und immer wird's mir warm ums Herz, denn ich träume ja dann von ihr. Obgleich man nun im allgemeinen die Wärme für ein gutes Zeichen ansieht, so folgt daraus doch nicht, daß man mich für solide halten wird. Zur Abwechselung will ich – selbst kalt – mir daher auch sie kalt vorstellen. Ich will einmal versuchen, das Weib kategorisch aufzufassen. Unter welche Kategorie gehört es? Unter ein Sein für andres. Das muß jedoch nicht in schlechtem Sinn genommen werden, als wenn die, die für mich wäre, zugleich für einen andern wäre. Man muß sich hier wie bei allem abstrakten Denken aller Rücksichten auf die Erfahrung enthalten. Im gegenwärtigen Fall würde die Erfahrung z.B. in ganz besondrer Weise sowohl für mich wie wider mich sein. Die Erfahrung ist hier wie überall eine Person, denn ihr Wesen ist immer *pro et contra*.

Das Weib ist also ein Sein für andres. Wieder soll man sich nach einer andern Seite hin nicht durch die Erfahrung stören lassen; denn man würde ja einwenden können, daß man selten ein Weib küßt, die in Wahrheit ein Sein für andres ist, da sehr, sehr viel Frauen nichts, gar nichts sind, weder für sich selber noch für andre. Aber das hat sie mit der ganzen Natur gemein, mit allem, was *femininum* ist. Die ganze Natur ist nur für andres, nicht in teleologischem Sinn, wie z.B. ein einzelnes Glied der Natur für ein andres einzelnes Glied ist, nein, die ganze Natur ist für ein andres – sie ist für den Geist da. So ist es auch wieder mit dem Einzelnen. Das Pflanzenleben z.B. entfaltet in aller Naivität seine geheimen Reize und existiert nur für andres. Ebenso ist's mit einem Rätsel, einer Scharade, einem Geheimnis, einem Vokal u.s.w. Daraus läßt es sich auch erklären, weshalb Gott, als er Eva schuf, einen tiefen Schlaf auf Adam fallen ließ; denn das Weib ist des Mannes Traum. Auch ist das Weib nicht aus dem Haupt, sondern aus den Rippen des Mannes genommen, ist Fleisch und Blut geworden. Erst durch die Berührung der Liebe erwacht sie, vorher ist sie ein Traum. Jedoch kann man in dieser Traumexistenz zwei Stadien unterscheiden; das erste ist dieses: die Liebe träumt von ihr, – das zweite: sie träumt von der Liebe.

Dieses *Sein* des Weibes – das Wort Existenz sagt schon zu viel, denn sie hat ihr Leben nicht *aus* sich selber – wird richtig als Anmut bezeichnet, ein Ausdruck, der an das vegetative Leben erinnert; sie ist wie eine Blume, wie die Dichter gern sagen, und selbst das Geistige in ihr ist gewissermaßen vegetativ. Sie liegt ganz innerhalb der Grenzen des Natürlichen und ist deshalb nur ästhetisch frei. Im tiefern Sinn wird sie erst durch den Mann frei, deshalb heißt es: freien, und deshalb freit der Mann. Wenn er richtig freit, kann von einer Wahl keine Rede sein. Das Weib wählt wohl, aber ist dieses Wählen das Resultat einer langen Überlegung, dann ist's auch unweiblich. Deshalb ist es eine Schande, wenn man sich einen Korb holt. Der Mann hat sich selber zu hoch geschätzt, hat eine andre frei machen wollen, ohne es zu können. – In diesem Verhältnis liegt eine tiefe Ironie. Das, was für ein andres ist, scheint das Prädominierende zu sein: der Mann freit, das Weib wählt. Das Weib ist nach ihrem Begriff die Überwundene, der Mann nach seinem Begriff der Sieger, und doch beugt sich der Sieger vor der Besiegten. Es hat das auch seinen tiefern Grund. Das Weib ist nämlich Substanz, der Mann Reflexion. Sie wählt deshalb auch nicht ohne weiteres, sondern der Mann freit, und dann wählt das Weib. Aber des Mannes Freien ist ein Fragen, ihr Wählen eigentlich nur die Antwort auf eine Frage. In gewissem Sinn ist der Mann mehr, als das Weib, im andern Sinn unendlich viel weniger.

Ich sehe also, je mehr ich die Sache erwäge, daß meine Praxis in vollkommener Harmonie mit meiner Theorie steht. Denn diese hat ihren tiefsten Grund in der Überzeugung, daß das Weib wesentlich ein Sein für andres ist. Deshalb ist der Augenblick hier so unendlich wichtig; denn das Sein für andres ist immer eine Sache des Augenblicks. Dieser Augenblick kann früher oder später kommen; aber sobald er gekommen ist, nimmt dasjenige, was ursprünglich ein Sein für andres ist, ein relatives Sein an, und hört dadurch auf.

Wohl weiß ich, daß die Ehemänner meinen, das Weib sei auch im andern Sinn das Sein für ein andres, sie sei ihnen alles für ihr ganzes Leben. Das darf man den Ehemännern nicht weiter verdenken. Jeder Stand hat seine konventionellen Sitten und besonders gewisse konventionelle Lügen. Dahin gehört auch diese Jagdgeschichte. Der Augenblick ist alles, und im Augenblick ist das Weib alles; die Konsequenzen verstehe ich nicht. Dazu gehört auch die Konsequenz, daß einem Kinder geboren werden. Nun bilde ich mir ein, ein ziemlich konsequenter Denker zu sein; aber wenn ich nachdächte, bis ich verrückt würde, stünde ich für die Konsequenz nicht ein; ich verstehe sie nicht, das kann nur ein Ehemann.

Gestern besuchten Kordelia und ich eine Familie in ihrer Sommerwohnung. Die Gesellschaft hielt sich meistens im Garten auf, wo man die Zeit mit mancherlei leiblichen Übungen vertrieb. Es wurde u. a. auch Ring gespielt. Ich benutzte die Gelegenheit, als ein andrer Herr, der mit Kordelia gespielt hatte, fortgegangen war, ihn abzulösen. Welche Anmut entfaltete sie, und sie ward noch verführerischer durch die Anstrengung des Spieles, die ihre Schönheit noch erhöhte! Welch reizende Harmonie in dem Selbstwiderspruch der Bewegungen! Wie leicht war sie – es war als schwebte sie über die Erde hin, wie dithyrambisch ihre ganze Erscheinung, wie herausfordernd ihr Blick! Das Spiel selbst hatte natürlich ein besondres Interesse für mich. Kordelia schien bei demselben nicht sehr aufmerksam zu sein. Ich wechselte mit einer andern einen Ring – das schlug wie ein Blitz in ihre Seele. Von diesem Augenblick an war die ganze Situation eine andre geworden, und sie selber – Kordelia – war von einer höhern Energie erfüllt. Ich hielt beide Ringe an meinen Stock, wartete einen Augenblick und wechselte mit den Umstehenden einige Worte. Sie verstand diese Pause, ich warf ihr wieder die beiden Ringe zu. Bald hatte sie dieselben auf ihrem Stock, und warf sie beide, wie aus Versehen, hoch in die Luft, so daß ich sie nicht greifen konnte. Den Wurf begleitete sie mit einem Blick voll unbegrenzter Verwegenheit. Man erzählt, daß einem französischen Soldaten, der den Krieg in Rußland durchgemacht hatte, ein Bein, an welchem sich der kalte Brand gezeigt hatte, abgenommen werden mußte. In demselben Augenblick aber, als die schmerzvolle Operation beendigt worden war, ergriff er das Bein, warf's in die Höhe und rief: *Vive l'empereur!* Mit einem solchen Blick warf sie, selbst schöner denn je zuvor, beide Ringe in die Luft und sagte bei sich selber: Es lebe die Liebe. Ich hielt es nicht für ratsam, sie in dieser Stimmung durchgehen zu lassen, denn bald würde sich ihrer eine gewisse Mattigkeit, die solchen kräftigen Gefühlen zu folgen pflegt, bemächtigt haben, und verhielt mich daher ganz ruhig, ja, ich tat, als ob ich nichts bemerkt hätte, und sie mußte weiter spielen.

Wenn man in unsrer Zeit derartigen Untersuchungen einige Sympathie entgegenbrächte, möchte ich wohl eine Preisfrage geben: Wer ist – ästhetisch gedacht – schamhafter, ein junges Mädchen oder eine junge Frau? Die unwissende oder die wissende? Und welcher von den beiden darf man die größte Freiheit einräumen? Aber derartiges beschäftigt unsre ernste Zeit nicht. In Griechenland würde eine solche Untersuchung allgemeine Aufmerksamkeit erweckt haben, der ganze Staat wäre in Bewegung gekommen, besonders die jungen Mädchen und die jungen Frauen. Das will man in unsrer Zeit nicht glauben; aber man will's in unsrer Zeit auch nicht glauben, wenn man den bekannten Streit erzählte, der zwischen zwei griechischen Jungfrauen geführt wurde, und die sehr gründliche Untersuchung, welche die Veranlassung zu demselben gab; denn in Griechenland behandelte man solche Probleme nicht so flüchtig und leichtsinnig; und doch weiß jeder, daß *Venus* nach diesem Streit einen Beinamen erhalten hat, und jeder bewundert das Bild der Venus, das sie verewigt hat. Eine verheiratete Frau hat in ihrem Leben zwei Abschnitte, in welchen sie interessant ist, die allererste Jugend, und viel später wieder, wenn sie sehr viel älter geworden. Aber zugleich hat sie – das darf nicht geleugnet werden – einen Augenblick, in welchem sie noch reizender als ein junges Mädchen ist, und in welchem man mit noch größerer Ehrfurcht zu ihr emporblickt; aber das ist ein Augenblick, der nur selten im Leben vorkommt, es ist ein Bild für die Phantasie, das man im Leben nicht zu sehen braucht und das vielleicht niemals gesehen wird. Ich stelle sie mir da gesund und blühend vor, sie hält in ihren Armen ein Kind, dem sie ihre ganze Aufmerksamkeit schenkt und das sie in seliger Freude wieder und wieder anschaut. Das ist ein Bild, so lieblich und zauberhaft schön, wie es das menschliche Leben nur zeigen kann, es ist ein Natur-Mythus, das daher nur künstlerisch, nicht *in natura* angeschaut werden muß.

Wie Kordelia mich beschäftigt! Und doch ist die Zeit bald vorüber, meine Seele will sich immer verjüngen. Gleichsam von fern höre ich schon den Hahn krähen. Sie hört's vielleicht auch, aber sie glaubt, es sei der Morgen, den er verkündige. – Warum ist ein junges Mädchen doch so schön, und warum welken die Rosen so bald? Der Gedanke könnte mich ganz melancholisch machen, und doch – das geht mich ja nichts an. Genieße das Leben, pflücke die Rosen, eh' sie verblühn. Indessen schaden solche Gedanken auch nicht; denn diese Wehmut hebt im allgemeinen die männliche Schönheit. – –

Wenn sich ein Mädchen dem Manne erst ganz hingegeben hat, ist's bald vorbei. Noch immer nähere ich mich einer Jungfrau mit einer gewissen Angst, mein Herz klopft, weil ich die ewige Macht fühle, die in ihrem Wesen liegt. Deshalb ist *Diana* immer mein Ideal gewesen. Diese reine Jungfräulichkeit, diese absolute Sprödigkeit hat mich immer sehr beschäftigt. Aber trotzdem habe ich sie stets mit scheelem Auge angesehen. Ich weiß nicht recht, ob sie's verdient, daß sie so gepriesen wird. Sie wußte nämlich, daß ihre Jungfräulichkeit ihre geheime Macht war. Dazu kam, wie ich einmal gehört habe, daß sie etwas von den schrecklichen Geburtswehen ihrer Mutter erfahren hatte. Das schreckte sie ab und ich verdenk's ihr nicht; denn ich sage mit Euripides: Ich will lieber dreimal in den Krieg gehen, als einmal ein Kind gebären. In Diana würde ich mich nie verlieben können, aber ich gäbe allerdings viel für eine rechtschaffene Unterhaltung mit ihr.

16. September.

Das Band ist zerrissen; sehnsuchtsvoll, stark, kühn, göttlich schwingt sie sich auf wie ein Adler zur Sonne. Flieg, Vogel, flieg. Würde dieser königliche Flug sie mir entführen, so würde mich das unendlich tief schmerzen. Leicht habe ich sie gemacht, leicht wie einen Gedanken, und nun sollte dieser mein Gedanke mir nicht gehören! Das wäre zum Verzweifeln. Einen Augenblick früher – das würde mich nicht beschäftigt haben, einen Augenblick später – das kümmerte mich nicht, aber nun – nun – dieses Nun, das ist eine Ewigkeit für mich. Aber sie fliegt nicht weg von mir. Flieg denn, Vogel, flieg, erhebe dich stolz auf deinen Adlersflügeln, bald bin ich bei dir, bald bin ich mit dir in der tiefen Einsamkeit des Äthers, vor der ganzen Welt verborgen! – –

Die Tante war bei der Nachricht etwas frappiert. Sie wird Kordelia indessen nicht zwingen, obgleich ich – teils um sie noch mehr einzuschläfern, teils um Kordelia etwas zu necken – einige Versuche gemacht habe, sie für mich zu interessieren. Im übrigen bezeugt sie mir viel Teilnahme, sie ahnt nicht, mit wie vielem Grunde ich mir alle Teilnahme verbitten kann.

Sie hat von der Tante die Erlaubnis erhalten, einige Zeit aufs Land zu gehen; sie soll eine Familie besuchen. Eine schwache Kommunikation unterhalte ich mit ihr durch meine Briefe. So grünt unser Verhältnis von neuem. Sie muß nun stark gemacht werden, insonderheit muß ihr eine exzentrische Verachtung gegen die Menschen und gegen das Gewöhnliche eingeflößt werden. Wenn dann der Tag ihrer Abreise kommt, da begegnet ihr ein zuverlässiger Knecht als Kutscher. Draußen vor dem Tor schließt sich mein Diener an. Er begleitet sie bis zum Bestimmungsort und bleibt bei ihr, zu ihrer Aufwartung und Assistance, wenn's nötig ist. Ich selber habe draußen alles so geschmackvoll wie möglich eingerichtet. Nichts fehlt, was ihre Seele betören und sie in üppigem Wohlsein beruhigen kann.

Der Lenz ist doch die schönste Zeit, wenn man sich verliebt; aber der Herbst, wenn man am Ziel seiner Wünsche steht. Im Herbst liegt eine Wehmut, die ganz der Bewegung entspricht, mit welcher der Gedanke an die Erfüllung eines Wunsches einen durchschauert. Heute bin ich selber draußen in der Villa gewesen, wo Kordelia nach einigen Tagen eine Umgebung finden wird, die mit ihrer Seele harmoniert. Selber will ich an ihrer freudigen Überraschung nicht teilnehmen, solche erotische

330

Pointen würden ihre Seele nur schwächen. Wenn sie dagegen allein ist, wird sie in derselben wie in einem schönen Traume leben, wird überall Andeutungen und Winke, ja eine bezauberte Welt sehen. Um mich selber in der rechten Stimmung zu halten, werde ich die Tage, die noch übrig sind, diesen Ort öfters besuchen.

Meine Kordelia!
Nun nenne ich Dich in Wahrheit *mein*, kein äußeres Zeichen erinnert mich an meinen Besitz. – Bald nenne ich Dich in Wahrheit *mein*. Und wenn ich Dich dann fest in meinen Armen halte, wenn Du mich an Dein Herz drückst, dann gebrauchen wir keinen Ring, um uns daran zu erinnern, daß wir einander angehören. Denn ist diese Umarmung nicht ein Ring, der mehr als eine Bezeichnung ist? Und je fester dieser Ring sich um uns schließt, je unzertrennlicher er uns verbindet, um so größer ist die Freiheit; denn Deine Freiheit ist's, mein zu sein, und meine Freiheit, daß ich Dein bin.

Dein Johannes.

Meine Kordelia!
Alpheus verliebte sich auf der Jagd in die Nymphe Arethusa. Sie wollte ihn nicht erhören, sondern floh beständig vor ihm, bis sie auf der Insel Ortygia in eine Quelle verwandelt ward. Das schmerzte Alpheus so sehr, daß er in Elis im Peloponnes in einen Fluß verwandelt wurde. Er vergaß jedoch seine Liebe nicht, sondern vereinigte sich unter dem Meere mit jener Quelle. Ist die Zeit der Verwandlungen vorüber? Antworte! Ist die Zeit der Liebe vorüber? Womit sollte ich Deine reine, tiefe Seele, die keine Verbindung mit der Welt hat, wohl vergleichen, wenn nicht mit einer Quelle? Und habe ich Dir nicht schon gesagt, daß ich wie ein Fluß bin, der sich in Dich verliebt hat? Und stürze ich mich nun, da wir getrennt sind, nicht ins Meer, um mit Dir vereint zu werden? Unter dem Meere begegnen wir einander wieder, denn erst in dieser Tiefe gehören wir recht zusammen.

Dein Johannes.

Meine Kordelia!
Bald, bald bist Du mein. Wenn die Sonne ihr spähendes Auge schließt, wenn die Geschichte aufhört und die Mythen anfangen, dann werf' ich nicht nur meinen Mantel um mich, sondern ich werfe die Nacht wie

einen Mantel um mich, und eile zu Dir, ich lausche, um Dich zu finden, aber nicht Deine Schritte werden Dich verraten, sondern das Klopfen Deines Herzens.

Dein Johannes.

In diesen Tagen, da ich nicht, wenn ich will, persönlich bei ihr sein kann, hat mich der Gedanke beunruhigt, ob sie vielleicht der Zukunft gedacht hat. Bisher ist es ihr nicht eingefallen, dazu habe ich's zu gut verstanden, sie ästhetisch zu betäuben. Ich kann mir nichts Unerotischers denken, als die ewigen Gespräche von der Zukunft; dieselben haben ihren letzten Grund darin, daß man die gegenwärtige Zeit nicht auszufüllen weiß. Wenn ich nur da bin, fürchte ich mich davor nicht, sie wird schon Zeit und Ewigkeit vergessen. Weiß man sich nicht in dem Maß in Rapport zu der Seele eines Mädchens zu setzen, dann lasse man alle Gedanken, sie zu verführen, fahren, denn man wird unmöglich den beiden Klippen entgehen: der Frage nach der Zukunft und der Katechisation über den Glauben. Es ist ganz natürlich, daß *Gretchen* im Faust solch kleines Examen mit ihm abhält; denn Faust war so unvorsichtig gewesen, den Ritter hervorzukehren, und gegen einen solchen Angriff ist ein Mädchen immer gewappnet.

Nun glaube ich, ist alles für ihren Empfang bereit. Nichts ist vergessen, was für sie Bedeutung haben könnte; dagegen nichts angebracht, was schlecht und recht an mich erinnern könnte, während ich doch überall unsichtbar gegenwärtig bin. Die Wirkung wird jedoch größtenteils davon abhängen, wie sie es zum erstenmal anfleht. Mein Diener hat jedoch die genausten Instruktionen erhalten, und in seiner Weise ist er ein vollendeter Virtuose, in der Tat unbezahlbar.

Es ist alles, wie man es sich nur wünschen kann. Sitzt man mitten im Zimmer, dann hat man zu beiden Seiten den unendlichen Horizont, man ist allein im weiten Meere der Luft. Tritt man näher an die Fenster, dann wölbt sich fern am Horizont ein Wald, wie ein Kranz, der das Ganze begrenzt und einschließt. So muß es sein. Was liebt die Liebe? – Ein Eingefriedigtes. War nicht das Paradies ein eingeschlossener Ort, ein Garten gegen Osten? – Aber er schließt sich zu dicht um einen, dieser Ring – man tritt dem Fenster näher, ein stiller See verbirgt sich demütig in der hohem Umgebung – am Ufer liegt ein Boot. Ein Seufzer aus vollem Herzen, der Hauch eines unruhigen Gedankens – und es geht vom Ufer ab, gleitet über den See, von den milden Lüften einer unnennbaren

Sehnsucht leise getrieben; man verschwindet in der geheimnisvollen Einsamkeit des Waldes, wird von den leichten Wellen des Sees geschaukelt, der von dem tiefen Dunkel des Waldes träumt. – Man wendet sich nach der andern Seite hin, da breitet das Meer sich unendlich vor dem Auge aus. – Was liebt die Liebe? – Unendlichkeit. – Was fürchtet die Liebe? – Eine Grenze. – – Über dem großen Saal liegt ein kleinres Zimmer oder besser ein Kabinett, täuschend ähnlich jenem Zimmer im *Wahlschen* Hause. Ein aus Weiden geflochtener Teppich bedeckt den Boden, vor dem Sofa steht ein kleiner Teetisch, eine Lampe darauf, gerade so wie die zu Hause – alles dasselbe, nur prachtvoller. Diese Veränderung durfte ich mir wohl erlauben. Im Saal steht ein Instrument, es ist sehr einfach, aber dem ähnlich, das ihr aus dem Jansenschen Hause bekannt war. Es war geöffnet. Auf dem Notenbrett liegt die kleine schwedische Arie aufgeschlagen. Die Tür zum Entree war nicht geschlossen. Sie tritt durch eine andre Tür hinein, *Johann* ist genau instruiert. Ihr Auge erblickt zu gleicher Zeit das Kabinett und das Instrument, die Erinnerung erwacht in ihrer Seele, im selben Augenblick öffnet Johann die Tür. – Die Illusion ist vollständig. Sie tritt in das Kabinett und ist zufrieden; davon bin ich überzeugt. Indem ihr Blick auf den Tisch fällt, sieht sie ein Buch; im selben Augenblick nimmt Johann es, um es wegzulegen und sagt wie zufällig: »Gewiß hat der Herr es vergessen, als er heute morgen hier war.« Sie hört also, daß ich schon am Morgen dagewesen bin, dann will sie das Buch sehen. Es ist eine deutsche Übersetzung der bekannten Schrift von *Apulejus: Amor und Psyche*. Es ist kein Gedicht, und soll's auch nicht sein. Denn welch eine Beleidigung gegen ein junges Mädchen, ihr ein Gedicht zu bieten, wie wenn sie in einem solchen Augenblick nicht selber dichterisch genug wäre, die Poesie einzusaugen, die sich unmittelbar in dem Faktischen verbirgt, und die nicht erst von dem Gedanken eines andern verzehrt ist. Daran denkt man gewöhnlich nicht, und doch ist's so. – Sie will das Buch lesen und meine Absicht ist erreicht. – Sie öffnet es da, wo zuletzt in demselben gelesen ist, und findet einen kleinen Myrthenzweig, sie fühlt's, der soll mehr sein als ein Lesezeichen.

Meine Kordelia!
Wie, Du fürchtest Dich? Wenn wir zusammenhalten, sind wir stark, stärker als die Welt, stärker als selbst die Götter. Du weißt, es lebte einst ein Geschlecht auf Erden; wohl waren es Menschen, aber, sich selber

genug, kannten sie nicht die schöne Vereinigung der Liebe. Trotzdem waren sie mächtig, so mächtig, daß sie den Himmel stürmen wollten. *Jupiter* fürchtete sie und teilte sie so, daß aus einem zwei wurden, ein Mann und ein Weib. Geschieht's nun zuweilen, daß, wer einmal vereinigt gewesen ist, wieder in Liebe zusammengeführt wird, dann ist solche Vereinigung stärker als Jupiter; sie sind nicht nur so stark, wie der einzelne war, sondern noch stärker, denn die Vereinigung der Liebe ist eine noch höhere.

Dein Johannes.

24. September.

Die Nacht ist still – es ist ein Viertel vor zwölf – der Jäger am Tor bläst seinen Segen über das Land, vom Bleicherdamm hallt es wider – er tritt in das Tor hinein – wieder bläst er, aber der Widerhall ist schwächer. – Alles schläft in Frieden, nur nicht die Liebe. So erhebt euch denn, ihr geheimen Mächte der Liebe, sammelt euch in dieser Brust! Die Nacht ist schweigend – ein einsamer Vogel unterbricht das Schweigen mit seinem Schreien und seinem Flügelschlag, auch er will vielleicht zu einem Rendezvous – *accipio omen!*

Wie ist die ganze Natur so ominös! Ich lasse mir wahrsagen aus dem Flug der Vögel, aus ihrem Schreien, aus dem übermütigen Plätschern der Fische im See, sie tauchen aus der Tiefe auf und verschwinden dann wieder, aus einem fernen Hundebellen, aus dem Rasseln eines Wagens, aus den Schritten vorübereilender Menschen. Nicht sehe ich Geister in dieser Mitternachtsstunde, ich sehe nicht was gewesen ist, sondern was kommen wird, im Busen des Sees, im Kuß des Taus, im Nebel, der sich über die Erde ausbreitet und ihre fruchtbare Umarmung verbirgt. Alles um mich hier ist ein Bild, ich selber bin ein Mythus meiner selbst; denn ist's nicht ein Mythus, daß ich zu diesem Begegnen eile? Wer ich bin, tut nichts zur Sache; alles Endliche und Zeitliche ist vergessen, nur das Ewige bleibt zurück, die Macht der Liebe, ihre Sehnsucht ihre Seligkeit.
--

Von Natur war sie schön. Ich danke dir, wunderbare Natur! Wie eine Mutter hast du über ihr gewacht. Hab Dank für deine Sorgfalt! Wunderbar war sie. Ich danke euch, ihr Menschen, denen sie es verdankt. Ihre Entwicklung war mein Werk – bald genieße ich den Lohn. – Wie vieles habe ich nicht in diesem Augenblick, der mir nun bevorsteht, gesammelt. Tod und Teufel, wenn ich ihn nicht kostete! –

Noch sehe ich meinen Wagen nicht. – Ich höre einen Peitschenknall, es ist mein Kutscher. – Fahr zu auf Tod und Leben, wenn auch die Pferde stürzten, nur *keine* Sekunde früher, ehe wir am Ziel sind.

25. September.

Weshalb kann eine solche Nacht nicht länger sein? – Doch nun ist's vorbei, und ich wünsche sie niemals wieder zu sehen. Wenn ein Mädchen alles hingegeben hat, ist sie schwach, dann hat sie alles verloren; denn die Unschuld ist beim Manne ein negatives Moment, beim Weibe ihres Wesens Gehalt. Nun ist aller Widerstand unmöglich, und nur solange derselbe da ist, ist's schön zu lieben; hat er aufgehört, dann ist's Schwachheit und Gewohnheit. Ich wünsche nicht, an mein Verhältnis zu ihr erinnert zu werden; sie hat den Duft verloren, und die Zeiten sind vergangen, da ein Mädchen im Schmerz über ihren treulosen Geliebten in einen Heliotrop verwandelt wurde. Abschied will ich von ihr nicht nehmen. Mir ist nichts unangenehmer als Weibertränen und Weiberbitten, die verändern alles und haben eigentlich doch keinen Zweck. Ich habe sie geliebt; aber von nun an kann sie meine Seele nicht mehr beschäftigen. Wäre ich ein Gott, dann würde ich an ihr tun, was Neptun an einer Nymphe tat, ich würde sie in einen Mann verwandeln.

Ich möchte wohl wissen, ob man sich so aus einem Mädchen herausdichten kann, daß sie sich stolz einbildete, sie habe das Verhältnis gelöst, weil sie desselben überdrüssig geworden sei. Das könnte ein recht interessantes Nachspiel werden, das an und für sich selber psychologisches Interesse hätte und einen außerdem auch noch mit vielen erotischen Wahrnehmungen berühren könnte. ₃₃₆

Biographie

1813   *5. Mai:* Søren Kierkegaard wird in Kopenhagen als Sohn eines Kaufmanns geboren.

1830   An der Universität Kopenhagen studiert Kierkegaard Theologie und Philosophie.

1834   Tod der Mutter.

1835   Es bilden sich Kontakte zu J. L. Heiberg, P. M. Moeller, H. L. Martensen.

1837   Kierkegaard lernt Regine Olsen kennen.

1838   Tod des Vaters.

      »Aus eines noch Lebenden Papieren«.

1840   Kierkegaard beendet sein Studium mit dem theologischen Staatsexamen. Er verlobt sich mit Regine Olsen.

1841   Die Doktorarbeit erscheint unter dem Titel »Der Begriff der Ironie mit ständiger Beziehung auf Sokrates«.
11. Oktober: Kierkegaard löst die Verlobung mit Regine Olsen auf. Anschließend verläßt er Dänemark und begibt sich nach Berlin, um dort den gerade nach Berlin berufenen Schelling zu hören, von dessen Vortrag er allerdings enttäuscht ist.

1842   Im Frühjahr kehrt Kierkegaard nach Dänemark zurück und lebt fortan als freier Schriftsteller in Kopenhagen. Er publiziert z. T. scharfe Polemiken gegen das zeitgenössische Christentum, vor allem in Gestalt des Bischofs Jakob Peter Mynster.

1843   Es erscheinen »Entweder-Oder« unter dem Pseudonym Victor Eremita, »Furcht und Beben« unter dem Pseudonym Johannes de Silentio und »Die Wiederholung« unter dem Pseudonym Constantin Constantius.

1844   »Philosophische Brocken oder ein Bröckchen Philosophie« erscheint unter dem Pseudonym Johannes Climacus,
»Der Begriff der Angst« unter dem Pseudonym Vigilius Haufniensis.

1845   »Drei Reden bei gedachten Gelegenheiten« und
»Stadien auf dem Weg des Lebens«, beide erscheinen unter dem Pseudonym Hilarius Buchbinder.
»Achtzehn erbauliche Reden«.

1846   »Abschließende unwissenschaftliche Nachschrift zu den Philosophischen Brocken«.

»Eine literarische Anzeige«.

Kierkegaard bekennt sich zu seinen pseudonym herausgegebenen Schriften. Es entbrennt der sog. »Corsarenstreit«, in dem Kierkegaard in Zeitungsartikeln gegen P. L. Moeller und M. Goldschmidt polemisiert.

1847   »Buch über Adler« (posthum ediert).

»Erbauliche Reden in verschiedenem Geist«.

»Taten der Liebe«.

Regine Olsen heiratet Friedrich Schlegel.

1848   »Christliche Reden«.

1849   »Zwei kleine ethisch-religiöse Abhandlungen« unter der Abkürzung H. H.

»Die Krankheit zum Tode« unter dem Pseudonym Anti-Climacus.

»Reden«.

»Der Gesichtspunkt für meine schriftstellerische Tätigkeit« (posthum ediert).

1850   »Einübung in Christentum« unter dem Pseudonym Anti-Climacus.

1851   »Zur Selbstprüfung der Gegenwart empfohlen«.

1852   »Urteilt selbst« (posthum veröffentlicht).

1854   Bischof Mynster stirbt. Kierkegaard verfaßt einen Angriff »War Bischof Mynster ein Wahrheitszeuge?«

1855   Von Mai bis September erscheint in zehn Nummern die Zeitschrift »Der Augenblick«, in der Kierkegaard seinen Kampf gegen die dänische Kirche fortsetzt.

11. November: Kierkegaard stirbt in Kopenhagen.

Lektürehinweise

W. Lowrie, Das Leben Sören Kierkegaards (aus dem Amerikanischen), Düsseldorf, Köln 1955.

Walter Schulz, Sören Kierkegaard. Existenz und System, Pfullingen 1966.

Sören Kierkegaard, hg. v. H.-H. Schrey, Darmstadt 1971.

N. Thulstrup, Kierkegaards Verhältnis zu Hegel und zum spekulativen Idealismus 1835-1846, Stuttgart, Berlin, Mainz, Köln 1972.

F. W. Korff, Der komische Kierkegaard, Stuttgart – Bad Cannstatt 1982.